Hermann Multhaupt
Der Engel meines Lebens

Hermann Multhaupt

Der Engel meines Lebens

Ein Roman aus Irland

benno
VERLAG

Die Deutsche Bibliothek – CIP-Einheitsaufnahme

Der Engel meines Lebens : ein Roman aus Irland /
Hermann Multhaupt. – Leipzig : Benno-Verl., 2002
ISBN 3-7462-1555-2

ISBN 3-7462-1555-2

Umschlaggestaltung: Ulrike Vetter, Leipzig
Herstellung und Satz: Kontext, Lemsel
Printed in the Czech Republic

»Denn es ist immer schwer zu sagen,
welche Ursache
welche Wirkung erzeugt hat,
schließlich genügt
der Eingriff eines Engels,
und alles ist anders.«

Umberto Ecco in »Der Name der Rose«

»Die Luft,
die Erde,
das Meer,
alles ist erfüllt von Engeln.«

Ambrosius von Mailand

1

Mr. Henry Flyingstone hielt sich für einen normalen Mann. Jedenfalls für das, was man unter einem normalen Mann versteht, der verheiratet ist – gut und ohne Dramatik, wie Mr. Flyingstone meint –, zwei Kinder und ein schmuckes Reihenhäuschen hat und der ein Auto der Mittelklasse sein Eigen nennt. Alles hatte seine Ordnung, und Ordnung ist die erste Bürgerpflicht, da mag kommen, was will, und wenn die Welt auf den Kopf gestellt wird.

Eines Tages war die Welt auf den Kopf gestellt und die Ordnung dahin. Es geschah plötzlich und ohne Vorwarnung, und Ereignisse, die sich nicht ankündigen und durch keine schwarzen Wölkchen am Himmel zu erkennen sind, werfen selbst den stärksten Mann um.

Flyingstone fühlte sich am Boden zerschmettert. Er war nicht mehr Henry Flyingstone, sondern nur noch ein halbes Persönchen und entsprechend schwach und anfällig gegen die Stürme des Lebens.

Und das kam so.

Wie alle Montagabende hatte Mr. Flyingstone mit den Kegelbrüdern im Gasthaus »Moonrise« die Kugel rollen lassen, dabei drei Pumpen und einmal »Rund ums Vorderholz« geworfen und aus Anlass dieses seltenen Wurfes drei Halbe »Lager« mehr als üblich zu sich genommen. Er war ein wenig wankend und von seinem Nachbarn Bill Kleffy gestützt nach Hause gekommen und am Morgen noch nicht ganz beschwerdefrei ins Büro, in die Abteilung II des Stadtplanungsamtes, wo Mr. Flyingstone bereits seit 27 Jahren beschäftigt war. Gegen die Kopfschmerzen wäre ja noch nichts zu sagen gewesen, auch nicht gegen den halb ausgewachsenen Kater, der, Flyingstone wusste nicht wie, ihm mal um seine Schulter und mal um die Beine strich, ohne dass er ihn am Schwanz erwischen konnte.

Was Flyingstone total aus dem Gleichgewicht warf, war eine plötzliche Erscheinung, für die es keine Worte der Beschreibung gab, weil sie bisher nicht in Henry Flyingstones Leben aufgetaucht war und es folglich auch keine Definition zu geben schien. Diese Erscheinung war klein, vielleicht so groß wie ein einjähriges Kind, dem man rein äußerlich und auf den ersten Blick noch nicht ansah, ob es männlichen oder weiblichen Geschlechts war, das ein putziges, drolliges, ja, ein etwas weltfremdes Aussehen hatte, ohne dass man hätte über es lachen können. Es erschien Mr. Flyingstone wie ein Wesen, das noch nicht fertig, vielleicht irgendwie im Wachsen begriffen war, ein klein wenig zurückgeblieben und doch seinem Alter voraus – Mr. Flyingstone fehlten die Worte.

Nein, Flyingstone verschlug es die Sprache. Als Beamter der Stadt und als Unterabteilungsleiter des Planungsamtes mit Lineal und spitzen Bleistiften, mit Zirkel und Millimeterpapier aufs Beste versorgt, war er ganz auf Präzision, auf Genauigkeit in der Darstellung gewisser Tatbestände ausgerichtet – und nun versagte er vollends in der Beurteilung der Lage. Die Situation war ihm noch nicht untergekommen, und wie alles, was für ihn neu war, bedurfte es jetzt einer Abklärung höherenorts, einer Rücksprache mit dem Vorgesetzten, um gänzlich sicher zu sein.

Aber was hätte Henry Flyingstone Mr. Kennedy denn sagen sollen? Dass ein nicht zu definierendes kleines Ding auf seinem Schreibtisch saß, ein menschenähnliches und doch menschenfremdes Wesen mit blonden Kringellocken und einem Pausbackengesicht? Dass es ihn unverwandt anblickte, jede seiner Bewegungen am Schreibtisch mit seinen blauen

Augen verfolgte und dabei ganz unbeschwert die kurzen Beine baumeln ließ? Ja, und nackt waren die auch noch! Nicht einmal Socken trug das kleine Ding, geschweige Schuhe, Hose oder Kleid. Mr. Kennedy hätte ihn bestimmt zum Psychiater geschickt, wenn er, Flyingstone, ihm das erzählt hätte.

Frank war verschwiegen, Frank O'Connor, der im Nebenraum saß, jenseits der Tür – ja, dass er nicht gleich auf ihn gekommen war! Flyingstone erhob sich, schwerfällig, um das Stechen im Kopf nicht unnötig zu verschlimmern, und ohne das kleine Ding aus den Augen zu verlieren, ging er schlurfenden Schrittes nach nebenan. Unter der Tür blieb er stehen.

»Pst!« machte er. »He. Ssst! Komm doch mal rüber.«

»Was ist los, Henry?« rief Frank, den jeder, weiß Gott warum, stets Katerbill-Joe nannte. »Hast du einen Krampf im Genick, dass du so flüsterst?«

»Viel schlimmer«, sagte Henry Flyingstone heiser, »komm und sieh dir das an.«

Katerbill-Joe schüttelte den Kopf. »Hat der Boss dir wieder eins in den Kaffee getan? Kann ich mir lebhaft vorstellen! In letzter Zeit kommt er mit so ausgefallenen Studien zu bestimmten Großraumprojekten. Bei mir liegt auch so ein Ding auf dem Tisch.«

»Das ist es nicht«, gab Flyingstone zurück. »Es ist nicht zu beschreiben.«

Jetzt war Katerbill-Joe neugierig worden. Er erhob sich, umständlich, schob den Stuhl zurück und richtete sich zu seiner ganzen Größe auf. Er war ein schlacksiger Zwei-Meter-Mann und musste Acht geben, dass er nicht an die Bürolampe in der Mitte des Raumes stieß.

»Was zum Teufel mag es sein?« knurrte er und blickte neugierig über Henry Flyingstones Schulter in das Nachbarbüro.

»Nun, was siehst du?« fragte Flyingstone leise, ohne sich umzudrehen.

»Was soll ich sehen?« Katerbill-Joe zuckte die Achseln. »Ich sehe eine ziemliche Unordnung, aber das ist ja nichts Neues.«

»So. Nichts Neues?« fragte Flyingstone spitz. »Und was …, was ist mit meinem Schreibtisch?«

Katerbill-Joe blickte sich gelangweilt um. »Was soll damit sein? Du hast einen Tuscheklecks gemacht, Henry. Nimm rasch ein Stückchen Papier oder einen Schwamm, das gibt sonst todsicher Flecken auf dem Holz.«

Flyingstone fuhr herum. »Ist das alles?« rief er. »Ist das wirklich alles, was dir – o, mein Kopf! – auffällt?« Der Schmerz, der gleichzeitig wie ein Blitz vom Scheitel über die Nackenwirbel in die Schulterblätter zuckte, ließ ihn mitten in der Bewegung erstarren. Vorsichtig hob Flyingstone die Augen und blickte zum Schreibtisch hinüber.

Das kleine Ding war weg.

Dort, von wo es eben noch unverwandt zu ihm herübergeschaut hatte, während es seine nackten rosigen Beine schaukelte, war ein etwa taubeneigroßer Tuschefleck.

»Habe ich dir doch gesagt, du sollst ihn wegputzen, bevor es zu spät ist«, sagte Katerbill-Joe und wies mit einer Kopfbewegung zum Schreibtisch hinüber.

Flyingstone stand sprachlos, seine Hände hingen schlaff an seinem Körper in Höhe der Oberschenkel und rührten sich nicht.

»Dann werde ich es eben tun«, rief Katerbill-Joe ärgerlich und fischte ein Stück Papier aus der Ablage. »So. Und jetzt noch ein wenig Wasser hinterher.« Er drehte den Hahn auf und hielt den Zipfel eines Geschirrtuchs in den zischenden Strahl. Während er den Tuscherest sorgfältig von der Tischplatte entfernte, sagte er: »He, Henry, was ist heute eigentlich mit dir los? Bist ein wenig daneben, was? Kenn' ich, habe ich ebenfalls schon gehabt – so einen Tag, an dem es einem quer runtergeht. Das Leben, meine ich. Wir sind eben nicht mehr die Jüngsten. Midlife-crisis nennt man das, glaube ich.«

Henry Flyingstone sank erschöpft auf den Schreibtischstuhl. Auch Katerbill-Joe setzte sich.

»Midlife-crisis – die haben wir doch längst hinter uns.«

»Dann ist es eben was anderes.«

»Ach, lass mich«, schimpfte Henry Flyingstone, und als er das beleidigte Gesicht seines Kollegen sah, ergänzte er: »Lass mich nachdenken.«

»Da gibt es nichts zu denken, Henry, das ist Tatsache. Wir sind jetzt mittendrin – im Krisenschlamassel.«

Flyingstone wollte etwas sagen, aber zugleich spürte er wieder den Druck unter der Schädeldecke; etwas drängte mit Gewalt aus ihm heraus. »Ich habe eben so ein Ding, ein kleines D…« Seine Worte erstickten, er schüttelte den Kopf. »Du kannst mich auch nicht verstehen, Frank.«

Dass Henry Flyingstone Frank sagte, erstaunte Katerbill-Joe. Niemand in diesem Stadtplanungsamt redete ihn mit seinem wirklichen Vornamen an. Mit seinem Nachbarn musste in der Tat etwas nicht in Ordnung sein. »Was ist mit diesem D…, mit diesem Ding?« fragte er sanft.

Flyingstone starrte auf die Schreibtischkante, die vor wenigen Minuten noch von einem Tuschefleck verunstaltet gewesen war und wo zuvor dieses unbekannte Etwas, dieses undefinierbare Wesen, dieses Ding mit dem Pausbackengesicht und den Schillerlocken, mit den blauen Augen und den kurzen Beinen gesessen hatte.

»Sag mal, Frank, im Vertrauen. Hast du das auch schon einmal erlebt: dass du etwas gesehen hast, was es gar nicht gibt?«

»Wie das?« Katerbill-Joe legte seine Stirn in Falten. »Ob ich etwas gesehen habe … Ah, jetzt hab' ich's!« rief er nach einigen Denksekunden. »Weiße Mäuse!«

»Weiße Mäuse?«

»Ja, weiße Mäuse. Sag mal, Henry, hast du gestern Abend eins über den …, na, du weißt schon.« Katerbill-Joe machte eine Handbewegung, als führte er ein imaginäres Glas zum Mund.

»Wir hatten unseren Kegelabend, wie jede Woche. Ah, das meinst du. Glaubst du, es kommt vom Alkohol?«

»Weiß der Kuckuck, was alles vom Alkohol kommt«, rief Katerbill-Joe. »Jedenfalls, wenn man ihn regelmäßig und regelmäßig zu viel konsumiert, sieht man weiße Mäuse – habe ich mir sagen lassen.«

»Es war etwas zu viel«, gab Flyingstone zu, »aber nicht regelmäßig. Meinst du, dass man auch beim erstenmal gleich – etwas sieht?«

Katerbill-Joe nahm ein Lineal vom Schreibtisch und klatschte es auf seinen rechten Oberschenkel. »Wer wenig verträgt, vielleicht. Aber ich bin da auch kein Fachmann.«

»Nein!« Flyingstone sprang auf. »Es waren auf gar keinen Fall weiße Mäuse. Das Ding, das Ding, das ich …« Er brach ab, blickte unschlüssig auf Katerbill-Joe, ungewiss, ob er weiterreden sollte, und nahm wieder Platz.

»Rede weiter«, forderte Katerbill-Joe den Kollegen auf. »Sprich dich ruhig aus.«

»Nein!« Henry Flyingstone schlug mit der Faust auf den Tisch, dass der Zirkel einen Hüpfer machte und zwei Bleistifte zu Boden fielen. »Niemals!« Der Kopfschmerz dröhnte im Nachhall seiner Worte, und einen Augenblick schloss Flyingstone die Augen, als könnte er alle Unbilden abschütteln.

»Dann eben nicht«, hörte er Katerbill-Joe wie aus weiter Ferne sagen, seine Stimme besaß einen beleidigten Unterton, »ich habe es ja nur gut mit dir gemeint.«

Die Tür fiel ins Schloss. Flyingstone riss die Augen auf – er war allein.

Vielleicht bin ich krank, dachte er. Vielleicht hat es mich erwischt. Man hört in letzter Zeit so viel von diesen Symptomen. Die Nerven sind überreizt, der Blutdruck steigt. Man leidet an Halluzinationen, bildet sich etwas ein, Wahnvorstellungen ergreifen von einem Besitz, verändern den Menschen, drehen ihn gleichsam um, lassen ihn langsam verrückt werden. Klapsmühle, Irrenanstalt, vergitterte Fenster, Türen ohne Klinken ... Das Ding, das kleine Ding ... Ja, ich bin krank, eindeutig. Alles spricht dafür.

Flyingstone betrachtete seinen Schreibtisch, sah auf die Uhr. Es war Zeit heimzugehen, aber die Arbeit des Vormittags war ungetan. Er griff zum Telefon, rief seine Frau an und sagte ihr, dass er heute nicht zum Lunch käme. Er habe keinen Appetit, zudem noch einen üblen Nachgeschmack vom gestrigen Kegelabend. Er werde eine Tasse Tee trinken und sich ein Sandwich holen. Also, dann bis zum Abend, Schatz.

Clementine erwiderte, dass sie volles Verständnis habe. Ein ausgewachsener Kater bedürfe besonderer Pflege. Es klang leicht ironisch, und Flyingstone warf den Hörer wütend in die Gabel. Wenn ich erst verrückt bin, wenn sie mich in der Landesanstalt besuchen kommt, dachte er, wird sie anders reden. Er beschloss, auf dem Heimweg am Spätnachmittag bei Dr. Klingbell vorbeizugehen.

2

Dr. Klingbell war seit vielen Jahren Hausarzt der Flyingstones. Er hatte Gregorys Masern behandelt und Margarets schwere Lungenentzündung kurz vor deren Einschulung kuriert. Er war ein Mann, der nicht viele Worte machte, dessen Diagnose meist zutraf und dessen Menschenkenntnis ein Stück weiterreichte, als man es von Schulmedizinern allgemein erwartet. Insofern konnte er sich rasch in die Lebenslage des Patienten hineinfinden; er wusste, wie man melancholische Stimmungen auflöste, die am Boden liegende Laune hob, dass körperliche Krankheiten in erster Linie auf Störungen im seelischen Bereich zurückgingen und dass man nicht nur den Bruder Leib, sondern auch die Schwester Seele behandeln musste.

Als Mr. Flyingstone ins Sprechzimmer gerufen wurde, ahnte er gleich, dass es sich um eine Verstimmung der Seele handelte. Mr. Flyingstone hatte ein starres Gesicht, und um die Augen lag ein dunkler Zug, der das Braun der Iris noch verstärkte.

»Nun, mein Guter, was kann ich für Sie tun?«, empfing er den Patienten. »Sie sehen aus, als sei Ihnen eine Laus über die Leber gekrochen – Sie machen einen lustlosen und müden Eindruck.«

Henry Flyingstone setzte sich auf den angebotenen Stuhl. »Ich glaube, ich bin langsam urlaubsreif«, sagte er seufzend. »Ich bin schon so weit, dass ich ..., dass ich Gespenster sehe.«

»Vor oder nach Mitternacht?«, scherzte Dr. Klingbell und lachte. »Sie müssen nämlich wissen, dass es da feine Unterschiede gibt.«

Flyingstone lächelte säuerlich. »Ich merke schon, Doktor,

dass Sie sich über mich lustig machen«, sagte er. »Aber wenn das, was mir heute passiert ist, Ihnen geschehen wäre, würden Sie keine Witze reißen.«

»Dem sei Gott vor!«, rief Dr. Klingbell und war augenblicklich todernst. »Bitte, strecken Sie Ihre Zunge heraus.«

Flyingstone gehorchte. Die Zunge war etwas belegt, aber darüber äußerte sich Dr. Klingbell nicht. Er nahm eine Taschenlampe zur Hand und leuchtete in die Augen des Patienten. Die Iris zog sich ruckartig zusammen, und der Arzt nickte befriedigt.

»Sie haben sich aber noch ganz gut in der Gewalt, mein Lieber, dafür dass Sie urlaubsreif sind und Gespenster sehen«, lächelte Dr. Klingbell, während er den Puls fühlte und dabei auf seine Armbanduhr sah. »Darf ich Sie bitten, sich frei zu machen?«

Auch das Stethoskop wollte keine ungewöhnlichen Geräusche wahrnehmen. Dr. Klingbell legte eine Manschette um Flyingstones linken Arm. »Jetzt werden wir mal schauen, was der Blutdruck macht.«

Flyingstone spürte den Rhythmus des Pulsschlags in den Adern und sein Pochen gegen die Haut. »150 zu 80. Was wollen Sie mehr?«, freute sich Dr. Klingbell. »Die meisten Menschen Ihres Alters wären froh, sie hätten noch eine so gute Konstitution.«

»Ich werde in fünf Jahren pensioniert«, sagte Flyingstone.

»Jammerschade, dass man Sie mit diesen Werten so bald aufs Altenteil schickt. Also, mein Lieber, es besteht kein Grund zur Beunruhigung. Eine kleine psychische Schwäche, das kommt vor. Spannen Sie ein paar Tage aus, fahren Sie mit Ihrer Frau übers Wochenende aufs Land, das lässt Abstand gewinnen zu dem, was Sie bedrückt. Gespenster – nein, Mr. Flyingstone, Gespenster gibt es vielleicht noch in der Phantasie der Connemara-Bewohner, die in Nebellöchern und Waldschatten hausen, aber bei uns? Was«, so fügte er, plötzlich ernst geworden, hinzu, »glauben Sie denn, gesehen zu haben?«

Glauben! Henry Flyingstone hätte dem Arzt gegen das Schienbein treten mögen. Er glaubte nicht, etwas gesehen zu haben, sondern er hatte etwas bemerkt. Ein kleines, seltsames Ding, ein drolliges Wesen, putzig im Aussehen, mit blonden Kringellocken und einem Pausbackengesicht. Er wollte gerade tief Luft holen, um seine Entrüstung über die menschenverachtende Behandlungsweise zum Ausdruck zu bringen, da fiel Flyingstone siedendheiß ein, dass ja auch Katerbill-Joe nichts Weiteres auf seinem Schreibtisch entdeckt hatte als einen taubeneigroßen Tuschefleck. Vielleicht existierte das Ding, das unbekannte Wesen, wirklich nur in seiner Einbildung?

»Ach, nichts«, entgegnete Flyingstone. »Ich muss mich geirrt haben. Vielleicht eine Fata Morgana.«

»Die Ihnen ein heimlich ersehntes Urlaubsziel vorgaukelt? Das nenne ich praktisch«, bestätigte der Arzt anerkennend. »Aber ich schreibe Ihnen etwas auf, zur Nervenberuhigung. Zugleich empfehle ich Ihnen ein Präparat auf homöopathischer Basis zur Stärkung des Allgemeinbefindens. Mistel, Knoblauch, etwas Hefe. Vorsichtshalber lassen Sie bitte Ihren Urin im Labor. Und damit Sie beruhigt sind, machen wir am Donnerstag Morgen eine Blutsenkung.«

Na also. Auch ohne dass er von dem kleinen, seltsamen Ding sprach, kam etwas in Bewegung. Dr. Klingbell hatte offenbar verstanden, dass man nicht über alles reden konnte. Die Männer verabschiedeten sich. Flyingstone schlenderte nach Hause. Es ging ihm schon besser. Der Kopfschmerz war fast weg, das Stechen im Nacken hatte nachgelassen. Nur die Müdigkeit steckte noch in seinen Gelenken, aber war es ein Wunder nach nur fünf Stunden Schlaf?

Flyingstone beschloss, die fehlende Ruhe alsbald nachzuholen. Er sah in Gedanken die Couch des Wohnzimmers vor sich und stellte sich vor, wie er sich unter der Kamelhaardecke behaglich ausstreckte. In diesem Augenblick stolperte Mr. Flyingstone, sodass er fast zu Fall gekommen wäre. Nicht, dass er wirklich ein Hindernis berührt hätte, einen überstehenden Pflasterstein etwa, ein Holzstück oder eine weggeworfene Coladose; es war eher etwas Weiches, Kugeliges, das er mit der Sohle seines rechten Schuhs fast erwischt haben würde, wenn er nicht im letzten Moment einen Riesenschritt über es hinweg gemacht hätte. Dieses Ausweichmanöver brachte seine Gangart aus dem Takt, seine Füße strebten in unsicherer Anstrengung über den vermeintlichen Gegenstand hinweg. Flyingstone schaute sich verärgert um.

Vor ihm auf dem Boden kauerte das Ding. Es saß in der Hocke, unmittelbar neben dem Eingang eines Tee- und Kaffeegeschäftes, den Rücken gegen den Türrahmen gelehnt. Obgleich es nicht aufrecht saß, schien es gewachsen zu sein, seit Flyingstone es auf dem Schreibtisch in seinem Büro entdeckt hatte. Die Beine waren bis unter das Kinn angezogen. Entsetzt stellte Flyingstone fest, dass sie immer noch rosig und nackt waren. Das Wesen sah jetzt etwas menschenähnlicher aus, jedenfalls glaubte Flyingstone, seine Beobachtung so präzisieren zu können. Das einem Menschen Wesensfremde schien zu einem Teil abgefallen zu sein, es kam Flyingstone vor, als habe die kleine Gestalt eine bestimmte Form und Kontur erhalten. Blitzschnell drängte sich ihm ein Vergleich auf, der ihm im selben Atemzug reichlich unpassend erschien: So wie sich ein Molch zum Frosch wandelt, so hatte sich das Ding aus einer weltfremden Zwischengestalt zum kleinen Menschen verändert. Und doch schien es kein Mensch im üblichen Sinne zu sein. Die Feinheit der Glieder, die zarte,durchschimmernde Haut des Gesichtes, das nun nicht mehr so drollig und pausbäckig, sondern unter den Locken wie ein Gebilde aus Porzellan aussah, deuteten auf ungewöhnliche, ja außergewöhnliche Beschaffenheit hin. Diese Wahrnehmung war nicht die Folge einer langen Beobachtung, sondern ein Eindruck, der sekundenschnell in Flyingstones Bewusstsein drängte und von dort aus sein Verhalten steuerte.

Als erste spontane Reaktion kam ihm der Gedanke, unverzüglich davonzulaufen und das Weite zu suchen vor diesem vermeintlichen Wesen aus einer anderen Welt. Zugleich aber warnte ihn etwas, abermals einer seelischen Beeinflussung oder Sinnestäuschung oder einem Hirngespinst seiner entnervten Phantasie aufzusitzen. Besser, man bewies Mut und ging der Sache auf den Grund, als dass man sich von neuem an der Nase herumführen ließ und sich gar zum Gespött der Kollegen und Nachbarn machte.

Flyingstone schaute sich rasch um, ob ihn jemand beobachtete, bevor er sich zu dieser seltsamen Erscheinung hinabbeugte, jedoch es waren nicht mehr viele Menschen auf der Straße. Das Geschäftsviertel mit den eleganten Einkaufsläden lag jenseits des Flusses. Zur Vorstadt hin reihten sich die niedrigen Häuserblocks mit den kleinen Vorgärten wie Bauklötze aneinander. Flyingstone befand sich gerade in einem weniger schönen Teil der Stadt, dort, wo sich Geschäfts- und Wohnviertel mischten, ohne ihre Identität zu finden, wo zahlreiche schmale Querstraßen wie ein Raster das Geflecht aus backsteinroten Gebäuden durchzogen. Flyingstone überwand sich also und bückte sich mutig – aber sein Blick ging ins Leere. Wo eben noch das seltsame Ding mit dem menschenähnlichen Antlitz am Boden gehockt hatte, lag ein Stück zusammengeknülltes Papier, das der Wind dorthin getrieben haben mochte.

Flyingstone richtete sich auf und stand einen Augenblick wie versteinert. Seine Hand suchte einen Halt an der glatten Häuserwand. Er musste die Augen schließen, weil er meinte, von den Bildern der Straße genarrt worden zu sein, wie er am

Vormittag im Büro einem Erscheinungsbild aufgesessen war. Nein, das konnte kein Zufall sein. Einmal kann man sich irren, das ist klar, aber zweimal am Tag in derselben Sache, nein, das erschien Flyingstone unmöglich. Hier lag eine tiefreichende Ursache für sein Versagen vor, hier spielten die Reize der Phantasie ihm einen bösen Streich. Die Symptome waren offensichtlich. Zu dumm, dass Dr. Klingbell sie übersehen oder nicht ernst genug genommen hatte.

Henry Flyingstone trat wütend und erschreckt zugleich gegen den Papierball, der ein paar Meter weiter in den Rinnstein flog. Er beschloss, die Arznei zu besorgen, die der Arzt ihm verordnet und die er zu holen unterlassen hatte, und steuerte die nächste Apotheke an. Auf dem Weg fiel ihm ein, dass auf dem zerdrückten Papier möglicherweise eine Botschaft, ein Hinweis gestanden haben könnte, und er kehrte eilig um und lief zurück, entsetzt über seine Gedankenlosigkeit, mit der er heute bei all seinen Unternehmungen zu Werke ging. Wie konnte er die Medizin vergessen? Wie das Papier unbeobachtet auf dem Boden liegen lassen? Sie kamen ihm im Nachhinein wie Hilfsmittel vor, aus dieser unsinnigen Situation herauszufinden. Er versprach sich von den Pillen Nahrung für die Nerven und vom Papier Aufschluss über die mögliche Halluzination und glaubte zugleich, in diesem kombinierten Gedankengang die Widersprüchlichkeit und Unsinnigkeit seines Handelns erkennen zu können.

Das Papier war nicht mehr da. Vielleicht war es vom Wind weitergetragen worden, oder die Straßenreinigung hatte es entfernt? Was, überlegte Flyingstone, hätte es ihm wohl verkünden oder offenbaren können? Hatte er sich denn eingebildet, das Papierstück enthalte einen mit gestochener Schrift geschriebenen Lebenslauf, etwa des Inhalts: Ich, das seltsame Ding, geschaffen in einer anderen Welt, von menschenähnlichem Aussehen, aber doch nicht mit dem Menschen verwandt … Oder einen Hinweis auf den Verbleib der Erscheinung: Sehr geehrter Mr. Flyingstone! Das seltsame Ding, das Sie suchen, befindet sich zur Zeit … oder existiert nur in Ihrer Einbildung …

Nein, nein und abermals nein! Unfug! Dummheit! Leichtgläubigkeit! Phantasie! Alles kam hier zusammen; ein über die Ufer getretener Fluss, durch den er, Flyingstone, hindurchwaten sollte, obgleich er spürte, dass ihm das Wasser bis über den Kopf reichte.

Als Flyingstone zur Apotheke kam, fand er sie geschlossen. Ein kleines beleuchtetes Schild verwies auf ein andere Pharmazie mit Nachtdienst, sie befand sich jedoch in der Richtung, aus der Flyingstone gekommen war. Aber er fühlte sich zu müde, um den Weg zurückzugehen, und bis zum nächsten Taxistand war es fast so weit wie bis zu seiner Wohnung. Also schlenderte er unsicher seinem Heim zu, ärgerlich mit sich selbst und wohl auch ein wenig mit der Welt, die ihm zweimal an diesem Tag diese geheimnisvolle Erscheinung über den Weg geschickt hatte.

3

Flyingstones Frau empfing ihren Mann herzlich wie immer und wie es ihre Art war. Sie küsste ihn flüchtig, sagte: »Hallo, Schatz, du kommst später als sonst, was macht der kleine Kater, ist er immer noch so aufdringlich?«

Sie wusste nichts von seinem Arztbesuch, und er nahm sich vor, ihr sofort auch nichts davon zu sagen. Ihre Unbeschwertheit reizte ihn. Während sich in seinem Gehirn die Gedanken jagten, machte sie ihre Scherze.

»Nein«, sagte er nicht ohne leichte Schärfe, »der Kater hat sich verabschiedet. Aber er lässt dich grüßen.«

Flyingstone legte den Mantel ab, zog die Jacke aus und ging ins Bad. Er ließ das Wasser über seine Hände rauschen und starrte sein Gesicht im Spiegel an. Er fand, er sei bleicher als sonst, trotz der schwarzen Bartstoppeln, die auf Wangen, Kinn und Oberlippe sprossen. Wenn ich mich nicht rasiere, fällt es ihr wahrscheinlich gar nicht auf, wie schlecht es mir geht, dachte Flyingstone. Sie geht leichtfüßig über alles hinweg. Das ist so ihre Art. Aber wehe, wenn ich tatsächlich krank bin ...

Die Vorstellung, seine Frau könne seinetwegen in Angst geraten, befriedigte ihn. Wann sonst wurde der Wert eines Menschen denn wirklich erkannt und geschätzt, wenn nicht im Augenblick seines Verlustes? Ja, Clementine würde noch manche Träne um ihn weinen, wenn sie von seinem Schicksal erfuhr.

Flyingstone trat ins Wohnzimmer, wo seine Frau das Abendessen aufgetragen hatte. Auberginen, frischen Salat, etwas Thunfisch und zum Nachtisch Käse. Dazu ein Glas Bordeaux blanc. »Ich habe mir gedacht, ich bereite eine leichte Mahlzeit, Schatz«, lächelte Clementine. »Nach dem gestrigen Abend solltest du deinen Magen schonen. Er verträgt jetzt keine Ballaststoffe.«

»So, verträgt er nicht«, murmelte Flyingstone. »Gut, dass wenigstens du meinen Magen kennst.«

Clementine überhörte den Unterton in Henrys Stimme und nahm ein Stück Knäckebrot. »Wie ist es dir heute ergangen?« fragte sie unbefangen.

»Wie soll es einem ergehen? Du siehst, ich habe das Büro überstanden.«

»Du wirst auch die fünf letzten Jahre bis zu deiner Pensionierung überstehen«, nickte Clementine und kaute. Flyingstone zuckte bei dem Geräusch des zermahlenen Knäckebrotes leicht zusammen.

»Wie empfindlich du bist, Henry. Es wird wirklich Zeit, dass du mal ausspannst.«

»Das sagt Dr. Klingbell auch.«

Clementine ließ das Brot, das sie in der Hand hielt, sinken. »Du warst bei Dr. Klingbell?«

»Ja.«

»Und?«

»Was, na und?«

»Was hat er gesagt?«

Flyingstone blickte auf und sah eine sorgenvolle Falte auf Clementines Stirn. Er genoss den Augenblick, holte tief Luft, während er sein Weinglas zurückstellte, lehnte sich leicht zur Seite und sah Clementine an.

»Nun, was soll er gesagt haben? Er weiß sich auch keinen Rat mehr.«

»Auch keinen ... Rat.« Clementine sprang auf. »Was heißt das, Henry, auch keinen Rat ...? Rede doch, Mann, lass dich nicht hundertmal bitten.«

»Bis jetzt hast du mich erst einmal gebeten«, sagte Flyingstone trocken. Er spürte, dass er den Bogen der Anspannung in Clementines Gesicht nicht überdehnen durfte. »Ich hatte heute ein merkwürdiges Erlebnis«, setzte er hinzu.

»Was für ein Erlebnis?« Clementine rückte ihren Stuhl um den Tisch herum, um ihrem Mann näher zu sein. »Was war das für eine Sache, Henry?«

»Ach«, erwiderte er, »im Grunde waren es zwei.«

»Zwei? Sprich nicht in Rätseln, Liebster.«

Das Wort tat wohl. Es umfasste in diesem Augenblick ihre Sorge und Liebe in einem. Flyingstone spürte es, und eine Welle versöhnlicher Rührung durchströmte ihn.

»Ich glaube, ich leide an Halluzinationen oder dergleichen. Ich sehe Dinge, vielmehr ein Ding, das gibt es gar nicht. Jedenfalls sagt Frank O'Connor das auch.«

»Was ist das für ein Ding?« Clementines Augen verfolgten jede seiner Bewegungen.

»Wenn ich das wüsste.« Flyingstone versuchte die Erscheinung, die er zweimal gehabt hatte, so genau wie möglich zu beschreiben. Er unterließ auch nicht, auf die kleinen körperlichen Veränderungen hinzuweisen, die er beim zweitenmal beobachtet zu haben glaubte.

»Und was sagt Dr. Klingbell dazu?«, fragte Clementine besorgt, als Henry geendet hatte.

»Der alte Spötter nimmt mich, denke ich, nicht ernst genug.« Flyingstone schob sich ein Stück Käse in den Mund. »Vorsichtshalber soll ich aber zur Blutprobe kommen.«

»Das ist gut«, sagte Clementine. »Daran lässt sich ablesen, ob es was Organisches oder etwas Psychisches ist.«

»So, meinst du?«

»Ich glaube, du bist überarbeitet, Schatz. Du wirst sehen, wenn wir ein paar Tage Urlaub gemacht haben und aus den Bergen zurück sind, denkst du keine Minute mehr an das Ding.

Flyingstone lächelte. Der Trost aus den Worten seiner Frau troff warm in sein Herz. Er verstand nicht, weshalb er Clementine bei seiner Heimkehr so garstig begegnet war. Er legte seinen rechten Arm um ihre Schultern und zog sie sanft an sich.

»Dennoch möchte ich gern wissen, ob ich es gesehen oder mir nur eingebildet habe«, flüsterte er.

Clementine betrachtete die Zimmerlampe, als läge dort des Rätsels Lösung. »Wenn ich alles überdenke, Henry«, sagte sie leise, »alles, was du mir über diese Erscheinung erzählt hast, kommt mir das Bild nicht fremd vor.«

»Was?«

Flyingstone schoss von seinem Stuhl in die Höhe, der Teller schepperte, und der Weißwein im Glas schwappte über den Rand. »Hast du es auch einmal gesehen?«

»Ja. Das heißt nein. Nicht so wie du, Henry, verstehst du? Nicht auf der Schreibtischkante und auch nicht in der Straße.«

»Sondern?«

»Ich glaube, in einem Buch.«

»In einem Buch?« Flyingstone blickte seine Frau zweifelnd an.

»Du meinst, du leidest möglicherweise auch an Einbildung, an ...«

»Nein, nein«, unterbrach Clementine ihn rasch. »Ich sah in einem Kunstband einmal eine Abbildung, auf die deine Beschreibung passen könnte.«

»In einem Kunstband?«

»Ein Werk von Brany & Meckel, du kennst doch diese Kunstbuchreihe.«

»Und du meinst, du könntest das Bild wieder finden?«

Clementine wiegte den Kopf. »Wenn ich mich recht erinnere, hast du die drei Bände vor Jahren an Philipp verschenkt.«

»An Philipp?«

»Ja, an deinen eingebildeten Neffen. Er studierte damals gerade Malerei und interessierte sich für die Bücher.«

»Er hat alles Mögliche studiert, und wenn es nach ihm gegangen wäre, hätte ich ihm meine ganze Bibliothek vermachen können – so begierig war er auf alles.«

Flyingstone stand am Tisch, die Hände auf der Kante, er spürte abermals eine gewisse Schwäche, die Beine zitterten unmerklich. Aber er wollte ihr diesmal nicht nachgeben, er musste gegen sie ankämpfen – wahrscheinlich beruhte sie auf Einbildung wie alles, was er seit heute Morgen erlebt hatte.

»Zu dumm«, sagte Clementine und schob die Teller zusammen, »ich hätte dir das Bild gewiss zeigen können.«

»Kannst du es beschreiben – aus dem Gedächtnis?« fragte Flyingstone angespannt. Clementine hatte das Geschirr abgeräumt, sie kam aus der Küche und zerrieb die Creme, mit der sie die Hände betupft hatte.

»Nicht genau, oberflächlich ja, hoffe ich. Aber du wirst dich an das Bild gewiss ebenfalls erinnern, wenn ich dir sage, dass deine Erscheinung nach meinem Empfinden entfernt mit einer Putte verwandt ist.«

»Mit einer – Putte!?« Flyingstone stand steifbeinig mitten im Wohnzimmer, als wenn er gerade einen Schlag mit einer Keule erhalten habe und jeden Augenblick einen zweiten erwarte.

»Ja«, nickte Clementine. »Du entsinnst dich bestimmt der kleinen engelgleichen Wesen, die ...«

»Es hatte aber keine Flügel, das Ding«, rief Flyingstone. »Jedenfalls habe ich keine bemerkt.«

»Komm«, beruhigte ihn seine Frau, »setz dich wieder. Mache es dir bequem. Im Sitzen denkt es sich besser.« Sie schob ihn sanft zum Sofa hin und drückte ihn in das Polster. Flyingstone gehorchte wie ein kleines Kind.

»Eine Putte« – überlegte er. »Du könntest Recht haben, Clementine. Eine Putte hat sehr viel Ähnlichkeit mit dem unbekannten Wesen. Das drollige Aussehen, das Pausbackengesicht, die nackten Beine, die Kringellocken ... Aber – was sollte eine Putte auf meinem Schreibtisch?«

Clementine war zum Bücherregal gegangen und hatte ihm ein Nachschlagewerk entnommen. Sie blätterte, bis sie unter dem Buchstaben P die Erläuterung für Putte gefunden hatte. Sie las: »›Putten, Einzahl Putto, italienisch Kinder. In der Kunst nackte kleine Knaben mit und ohne Flügel. In der Frührenaissance nach dem Vorbild antiker Eroten geschaffen, im Barock zum selbständigen Kunstwerk erhoben, oft als Engel gedacht. Musizierende Putten sind ein beliebtes Thema von

Donatello, Della Robbia bis Rubens und Günther. Unter dem Eindruck der wiederentdeckten Antike entstand der Bildtypus dieses kleinen, nackten, oft recht übermütigen und schelmischen Engelputto, teils mit, teils ohne Flügel …‹ Warte, Henry, hier steht noch eine Anmerkung: ›Sie verrichten die üblichen Engeldienste, sind jedoch verspielt, dabei eifrig wie ihre antiken Vorfahren, die Amoretten. Aus den Bildwerken der Renaissance, des Barock, des Rokoko …‹«

»Halt, Clementine, halt bitte ein. Bitte, keine Vorlesung in Kunstgeschichte. Sag einmal, Liebes, haben wir in jüngster Zeit eine Ausstellung besucht oder eine Kirche? Es könnte ja sein, dass mir ein Exponat besonders gefiel und dass mein überreiztes Gehirn es mir heute zweimal suggeriert hat?«

Clementine verneinte. Ausstellungen liebe er, Henry, doch nicht besonders. So wenig wie Kirchen. Allenfalls interessiere er sich für Kirchenkonzerte. Aber die Flyingstones waren im letzten halben Jahr auch in keinem Konzert gewesen, wie sie sich ein wenig betreten eingestehen mussten.

4

Die Nacht zog herauf und breitete ihre dunklen, wehenden Schleier über die Stadt. Nur im Westen, wo die Sonne in der Meereswiege zur Ruhe geht, ließ sie einen schmalen Durchlass, als wolle sie den Tag hinausschlüpfen lassen; ein Streifen Licht begrenzte den Horizont.

Flyingstone stand am Fenster und schaute gedankenverloren hinaus. Es war noch nicht spät, aber er fühlte sich dennoch müde. Das heiße Bad hatte ihm gut getan. Seine Glieder waren entspannt. Der Tag war lang gewesen und seltsam dazu. Flyingstone sah, wie er sich mit seinem letzten Licht in der Ferne verabschiedete; er trauerte ihm nicht nach. Nein, dieser Tag hatte eine Ordnung gestört, seine Ordnung, war mit unvorhersehbaren Ereignissen in sein Leben eingedrungen, und Flyingstone wusste trotzdem nicht, was sich in ihm so plötzlich verändert hatte. Nein, es war gar keine Veränderung gewesen, allenfalls hatte sich eine Verunsicherung eingeschlichen und breit gemacht, ein Zweifel war aufgekommen, ob das Leben seinen üblichen Weg weitergehen würde, so wie es Jahre gleichmäßig und ohne augenfälligen Wechsel seiner Gewohnheiten verstrichen war. Krankheit, das wusste Flyingstone, war eine einschneidende Maßnahme, die das Leben aus seiner Ordnung und seinem Gleichmaß warf. Aber – war er krank? Sind Bilder, die keine Erklärung finden, gleich Symptome von Krankheiten? Musste man allem, was die Welt bot, jedoch nicht auf den ersten Blick freigab, was sie in Rätsel und Geheimnisse hüllte, gleich mit so viel Skepsis begegnen, dass die, die einen flüchtigen Blick in die unerklärbaren Dinge tun durften, sich als unnormale, als kranke Menschen vorkamen? Durfte nicht neben der bestehenden Ordnung der Welt auch eine andere existieren, eine, die nicht so leicht zugänglich, die aber vorhanden ist? Durfte die Welt nicht ebenfalls ihre Rätsel und Geheimnisse haben …?

Flyingstone schreckte auf, als er seine Frau rufen hörte. Sie hatte bereits zum wiederholten Male seinen Namen genannt, aber er war so tief in Gedanken verstrickt gewesen, dass er ihren Ruf überhört hatte.

»Geh zu Bett, Henry«, rief Clementine besorgt. »Der Tag war lang und anstrengend für dich. Du hast von gestern noch Schlaf nachzuholen.«

Wie ein Kind, dachte Flyingstone. Sie sorgt für mich wie

für ein Kind. Dabei habe ich wirklich etwas anderes zu tun. Etwas anderes? Etwas anderes als zu schlafen und im Einnicken und Wegdämmern die Tücken des Tages zu vergessen? Gesund zu erwachen, als ob nichts geschehen sei, und ausgeruht an die Arbeit zu gehen?

Es war jedoch etwas geschehen, was Flyingstone nicht vergessen konnte und nicht vergessen wollte, so hinderlich und nachteilig das auch für ihn war. Er seufzte, aber Seufzer sind nur der Ausdruck einer ungewissen Erlösung.

Er ging ins Schlafzimmer, warf den Bademantel über die Stuhllehne und schlüpfte ins Bett. Er nahm kein Buch mehr zur Hand, wie es sonst seine Gewohnheit war, sondern gab seiner Frau einen Gute-Nacht-Kuss und überließ sich willig den Fängen des Schlafes.

Flyingstone wusste nicht, ob er schlief oder bereits erwacht war, als er sich bei seinem Namen gerufen fühlte. Es war nicht die Stimme seiner Frau, das fiel ihm sogleich auf, sondern eine unbekannte, bisher nicht vernommene, die er nicht zuzuordnen wusste. Einen Augenblick lag Flyingstone unbeweglich, gleichsam im Schwebezustand zwischen Schlaf und Erwachen, seine Gedanken kamen erst langsam in Gang und sammelten sich zu geordneten Überlegungen. Was war das? Was hatte ihn gerufen?

Das Licht des Mondes sickerte, von den Vorhängen gefiltert, durch die Fensterscheiben. Die Stille draußen war ohne Laut, was nur selten geschah, denn obgleich Flyingstones Haus im Grünbereich der Vorstadt lag, kam der Verkehr auf den Ausfallstraßen des Nachts nie völlig zur Ruhe und schickte seine gedrosselten Geräusche bis zu ihnen herüber.

Flyingstone nahm die Konturen des Zimmers wahr, sah die Umrisse des Kleiderschrankes, den Stuhl, auf dem er seine Sachen abgelegt hatte, und schloss daraus, dass er nicht schlief, sondern erwacht war. Da! Abermals kam es ihm vor, als sei er gerufen worden. Es war eine helle, sanfte Stimme, schien jedoch keinen Ausgangsort zu haben, jedenfalls keinen, den Henry Flyingstone im Umkreis seines Bettes ausmachte. Es war eine Stimme, die gleichsam im Raum schwang, die ihren Ursprung überall, in der Mitte und allen Ecken des Raumes haben konnte.

Flyingstone richtete sich auf. Das Zwielicht gab die Einrichtung des Zimmers preis, aber der Mann hätte sich auch im Dunkeln orientieren können. Neben sich spürte er die ruhigen und regelmäßigen Atemzüge seiner Frau. Sie hatte die Stimme offensichtlich nicht gehört, sonst wäre sie gewiss ebenfalls aufgewacht. Aber da fiel Flyingstone ein, dass Clementine einen gesunden Schlaf hatte. Er beschloss, sie nicht zu wecken und sie nicht von neuem zu beunruhigen, sondern der Ursache des Rufes allein auf den Grund zu gehen. Leise stieg er aus dem Bett. Er machte kein Licht, schlüpfte in seine Pantoffeln, die vor dem Stuhl standen, und bewegte sich vorsichtig auf die Tür zu, die zur Diele führte. Unter der Türritze schimmerte Licht.

Flyingstone dachte, Clementine habe die Lampe nicht ausgeknipst, als er jedoch hinaustrat, stellte er fest, dass das Licht, das die Diele erhellte, nicht elektrisch war, sondern von einem phosphorisierenden Gegenstand herrührte, der sich in einer Ecke befand. Flyingstone verengte die Augen auf Schlitzweite, um besser sehen zu können. Er hielt die Hand an die Stirn und schattete die von oben flutende Helligkeit ab.

Henry Flyingstone brauchte eine Weile, um die Gestalt zu erkennen, die ruhig inmitten des kreisenden Lichtes stand. Sie selbst war Licht, aber ihre Silhouette hob sich merklich von dem sie umgebenden Licht ab. Ja, es dünkte Flyingstone, dass sie, je länger er die Erscheinung betrachtete, immer deutlicher zutage trat. Jetzt glaubte er sogar die Zeichnung ihres Gesichtes zu erkennen, und mit unerklärlich wachsender Freude erlangte er Gewissheit, dass dieses Phänomen das Ding war, das ihn am gestrigen Tage zweimal genarrt hatte.

Flyingstone wusste mit einem Male, dass er nicht träumte, dass er auch gestern nicht geträumt hatte, sondern etwas sah, was er zwar nicht deuten konnte, das aber bestand. Umflossen von überirdischem Licht, das jedoch die Augen nicht schmerzte, erkannte er die fremde Gestalt, die er nun wiederholt im Gedächtnis beschrieben und die er auch seiner Frau erklärt hatte. Sie war verändert, ganz klar. Sie war nicht mehr so klein, nicht mehr dinghaft, nicht mehr putzig und drollig mit kurzen Beinen, sie war eindeutig gewachsen. Die Erscheinung trug ein knöchellanges weißes Gewand, das um die Hüfte von einem schmalen Gürtel gehalten war. Das Pausbackengesicht war einem überaus formschönen Oval gewichen. Sie hatte das Kleinkindhafte abgelegt und befand sich in der ersten Phase der Reife.

Flyingstone stand und starrte, ohne Angst, ohne Anstrengung und sah das fremdartige Bild, das seinesgleichen suchte und das er sich nicht erklären konnte.

»Entschuldigung«, stammelte er. »Wer sind Sie? Was tun Sie hier?«

Er erhielt keine Antwort. Seine Worte, so folgerte er, waren nicht übergekommen, sie hatten die Brücke in die andere Welt nicht passiert. Flyingstone staunte über sich selbst, staunte, dass er sich nicht wunderte, nicht verstanden zu werden, dass er die Begegnung in dieser Form sogar für richtig und angemessen empfand. – Wie sollte man sich mit Worten verständlich machen, wenn man die gemeinsame Sprache nicht sprach?

Flyingstone lächelte, um die Pause der Verlegenheit zu verkürzen, doch zugleich bildete dieses Lächeln unbewusst die tiefste Stufe aller Verständigung, denn auch die Erscheinung lächelte. Ein Funke hatte sich auf den Weg gemacht und war übergesprungen. Flyingstone jubelte in seinem Herzen, ohne eine Erklärung dafür zu finden. Er fühlte sich überhaupt schwerelos und leicht und hätte gern gewusst, warum die Nähe dieser Gestalt ihm heute Kraft einflößte und in ihm den Wunsch, sie möge bleiben, wachrief, statt ihn zu verunsichern und zu narren.

Das Licht, das die Erscheinung umfloss, strömte weiter, ohne zu versiegen. Es schien aus einem ewigen Kreislauf herzurühren, der aus den Urquellen des Lebens stammte und dorthin nach einem langen Weg durch die Schöpfung zurückkehrte. Flyingstone lächelte abermals, und auch die Gestalt veränderte ihr Gesicht und nickte leicht mit dem Kopf. War es der Ausdruck stiller Übereinkunft, die Zusicherung, ich komme wieder, oder bedeutete es Abschied, Abschied für immer oder nur für heute, hieß es, nun ist es genug, ich muss zurück, woher ich gekommen bin?

Dieses Wohin und Woher waren das große Rätsel, das Geheimnis, zu dem es keinen Schlüssel gab. Flyingstone sah das Licht zerfließen und in ihm die Gestalt. Es war ein Scheiden ohne Übergang, denn das aufkeimende Dämmerlicht des neuen Tages flutete nun herein und füllte die Lücke; aber dieses Licht war nicht zu vergleichen mit dem, das zerflossen war.

»Danke!«, flüsterte Flyingstone, ohne zu wissen, was die Begegnung bewirkt haben mochte. »Danke. Ich würde Sie gern wiedersehen.«

Flyingstone drehte sich um. Seine Frau stand im Türrahmen, ganz Schattengestalt gegen das Schlafzimmerlicht. Sie hatte die Deckenbeleuchtung angeknipst. »Du bist schon auf?«, fragte sie. »Ich hörte dich reden. Mit wem hast du gesprochen?«

Flyingstone erklärte es ihr, aber Clementine verstand ihn nicht. Ihr Gesicht zeigte keine Regung des Erstaunens, noch der Verwunderung. Man sah ihr an, dass sie die Worte aufnahm, ohne sie zu begreifen. »Du hast geträumt«, sagte sie und gähnte. »Du bist im Schlaf aus dem Bett gestiegen. So etwas kommt vor, wenn einem tausend Dinge durch den Kopf gehen.«

»Mir gehen keine tausend Dinge im Kopf herum«, erwiderte Flyingstone. »Nur das eine Ding, das Ding, verstehst du? Aber ich will es jetzt nicht mehr so geringschätzig ›das Ding‹ nennen, sondern ihm einen Namen geben, der zu ihm passt.«

Er folgte seiner Frau ins Schlafzimmer und sah auf die Uhr. Es war zehn vor sechs. »Woran denkst du?«, fragte Clementine.

»Ich weiß es noch nicht. Jedenfalls ist es keine Sache, die man beim Frühstück oder zwischen Tür und Angel erledigen kann. Ich brauche Zeit, alles zu überdenken.«

Er saß auf der Bettkante und hielt den Kopf in den Händen. So gewahrte er nicht, wie Clementine ihn besorgt musterte. »Solltest du heute nicht zu Dr. Klingbell kommen?«

»Ist denn Donnerstag heute? Er hat mich für Donnerstag Morgen zur Blutprobe bestellt.«

»Nein«, entgegnete Clementine leise. »Heute ist erst Mittwoch. Aber vielleicht solltest du auf dem Weg ins Büro doch einmal bei ihm vorbeischauen.«

»Ich? Heute? Wozu?«

»Oder wäre es dir lieber, Dr. Klingbell käme ins Haus? Wir haben ihn lange nicht kommen lassen. Das letztemal, glaube ich, war er hier, als Gregory seine Masern hatte.«

»Dr. Klingbell kommt nur in besonders dringenden Fällen, Clementine. Und ist hier ein dringender Fall? Ich fühle mich unbeschreiblich wohl, mein Körper ist ausgeruht, und mein Geist – mein Geist könnte Luftsprünge machen vor Glück.«

»Das ist es ja gerade«, rief Clementine. »Gestern kamst du fast zerschlagen nach Haus, du redetest von Halluzinationen, sonderbaren Erscheinungen, von einer Geisteskrankheit, und jetzt hat dich dieses Etwas, dieses Ding ganz aus der Fassung gebracht.«

Flyingstone hob den Kopf. »Es hat mich aus der Fassung gebracht«, nickte er. »Aber nicht so, wie du denkst. Die Erscheinung hat mich beflügelt, mir neue Kraft gegeben, begreifst du?« »Nein«, sagte Clementine trocken. »Nach dem, was ich gestern erlebt habe – nein.« Sie stand auf und rief, ohne ihren Mann zu fragen, den Arzt an.

5

Es hatte sich vieles verändert seit jenem Dienstag. Für Henry Flyingstone war er in die Geschichte seines Lebens eingegangen. In seinem Terminkalender markierte er eine Zäsur, einen Einschnitt in Form eines roten Andreaskreuzes. Bis hierhin war sein Leben gleichförmig, um nicht zu sagen eintönig, verlaufen, mit den normalen Erlebnissen und Schicksalen eines Mannes, der sich für unkompliziert und nicht besonders anspruchsvoll hielt und der mittlerer Angestellter eines städtischen Amtes war. Aber seit jenem Erscheinungstag, an dem das »Ding« aufgetaucht war, das längst nicht mehr diesen Namen verdiente, seither plante Flyingstone sein Leben jeden Tag neu. Er empfing jeden Tag wie ein Geschenk, nicht wie etwas Selbstverständliches, das es ohnehin gab, weil es im Rhythmus der Zeit lag, die alle 24 Stunden einen neuen Tag gebar mit Sonnenaufgängen und Regenschauern, mit Wind und Wärme und dem Wachsen des Mondes und der Kälte, die alles Leben unter einer Eisdecke erstarren ließ.

Seit jenem Tag also war etwas in Bewegung geraten, auch wenn sich im Lebensablauf von Henry Flyingstone auf den oberflächlichen Blick und rein äußerlich nicht viel geändert hatte. Er ging in gewohnter Weise weiterhin seiner Bürotätigkeit nach, auch wenn Clementine, seine Frau, der Meinung gewesen war, er hätte sich zunächst einmal zwei Wochen krankschreiben lassen sollen. Das hatte Dr. Klingbell jedoch nicht für die richtige Heilmethode gehalten. Nachdem er Flyingstone an jenem frühen Morgen, an dem er von Clementine wie zu einem Sterbenskranken gerufen worden war, noch einmal gründlich untersucht hatte und nachdem auch das Blutbild in Ordnung war, gab er den medizinischen Rat, derzeit die gewohnte Tätigkeit und den eingespielten Tagesablauf aufrechtzuerhalten und so weiterzuleben, als ob nichts geschehen sei, denn eine zweifache Änderung des Lebens, gleichsam die äußere durch die Berufsunterbrechung, die innere durch die neue Lebenshaltung könnten dem seelischen Allgemeinbefinden des Patienten doppelt schaden.

Flyingstone fühlte sich in seinem Wohlbefinden nicht beeinträchtigt. Im Gegenteil. Er blühte auf, seine Seele war eine Knospe, die sich der Sonne zuwandte. Seine Herzrhythmusstörungen, deretwegen er früher zeitweise in Behandlung gewesen war, waren gänzlich behoben, der Organismus profitierte von seinem seelischen Wohlbefinden.

Die Erscheinung war inzwischen noch zweimal zu sehen gewesen, und jedesmal hatte Flyingstone an ihr einen Wandel des Aussehens bemerkt, ohne dass ihr die Sprache zur Verständigung mit ihm gegeben worden wäre. Die Gestalt war zweifellos wieder gewachsen, sie reichte jetzt, wenn sie Flyingstone gegenüberstand, bis an seine Schultern.

Die erste Wiederbegegnung geschah im Volkspark, als Henry nach einem langen Arbeitstag am Reißbrett den Heimweg an den Blumenbeeten und Goldfischteichen, an den Fuchsienhecken und Ginstersträuchern entlang wählte. Plötzlich sah Flyingstone sie unter einer der Rotbuchen stehen. Es sah aus, als ob sie auf ihn gewartet hätte. Als er vorbeikam und stehen blieb, lächelte sie ihn an und machte ein Zeichen, weiterzugehen. Flyingstone tat, wie ihm geheißen worden war, und die Erscheinung begleitete ihn etwa hundert Meter, ohne sich zu äußern oder durch Gesten verständlich zu machen. Mit einemmal löste sie sich in Luft auf. Das zweitemal sah er sie auf dem Weg zum Arzt. Dr. Klingbell hatte Flyingstone zu einer Zwischenuntersuchung zu sich bestellt – die erwartungsgemäß ohne Befund war –, da stand das Phänomen neben dem Eingang zur Praxis. Es lächelte, und Flyingstone erwiderte dieses Lächeln ohne Angst und Zweifel, ohne einen Gedanken an die Echtheit der Erscheinung oder an eine Trübung seines Geisteszustandes zu verschwenden. Für ihn war die Gestalt Wirklichkeit, und ihr Anblick tat ihm wohl. Sie hatte nun fast seine Länge erreicht – Flyingstone war mit 1,80 Metern ein Mann von leicht überdurchschnittlicher Größe –, und ihr Gesicht schien deutlich ausgeprägt. Aber es war nicht zu unterscheiden, ob es sich um ein männliches oder weibliches Profil handelte; Flyingstone schätzte, dass es beider Merkmale in sich vereinigte.

Das überirdische Licht, in dem die Erscheinung schwebte, das sie umfloss und umflorte, verschmolz mit dem sanft wehenden Gewand, das ebenfalls aus Licht gewoben schien. Flyingstone entsann sich dunkel, in einem Buch über Parapsychologie etwas über Astral- und Ätherleib gelesen zu haben, über Aura und phänomenale Lichtkreise. All diese Beschreibungen passten nur entfernt zu dem, was er vor sich sah, sie mochten eine Hilfe der Verständigung sein, Anhaltspunkte und Richtungsweiser – das Wesentliche trafen sie nicht.

Was Henry Flyingstone bei aller Freude über die Erscheinung ein wenig traurig stimmte, war, dass er keinen anderen Kontakt herstellen konnte als durch das Lächeln. Hatte ihm der Austausch des Lächelns zunächst als höchstes Glück der Übereinstimmung vorgeschwebt, so gab er sich nach einiger Zeit der Hoffnung auf andere Verständigungsmöglichkeiten hin, und er fieberte dem Tag entgegen, an dem diese Gelegenheit sich ihm bieten würde.

Auf Flyingstones Schreibtisch lag eine Kopie der Seite aus dem Nachschlagewerk, auf der der Begriff Putto in aller Ausführlichkeit erklärt war. Obgleich die Erscheinung längst nicht mehr jener embryonalen Entwicklungsphase angehörte, war diese doch der Ausgangspunkt und die Urform ihrer Körperlichkeit und Offenbarung gewesen, sodass von diesem Bild alle Forschung ausgehen musste. Clementine hatte aus der Bibliothek ein Kunstlexikon heimgebracht, in dem weitere Erläuterungen aufgezeichnet standen. Flyingstone konnte sich nach einigen Tagen mit diesen Erklärungen nicht mehr zufrieden geben, denn nach der anfänglichen Ähnlichkeit des »Dings« mit einer Putte war die Erscheinung ja zu einer großen, lichtvollen Gestalt gewachsen, auf die dieser Begriff nicht mehr angewandt werden konnte.

Was jedoch war sie nun wirklich? Gab es keine Möglichkeit, das herauszufinden?

»Beim nächstenmal«, sagte Flyingstone zu seiner Frau, »werde ich die Erscheinung fragen, wer sie ist. Ja, vielleicht muss die Initiative von mir ausgehen. Vielleicht wartet sie nur darauf, dass ich sie anspreche.«

»Du gehst also davon aus, dass es ein Nächstesmal geben wird«, stellte Clementine lächelnd fest. »Du bist ein Optimist, Henry.«

»Warum sollte es kein Nächstesmal geben? Fünfmal habe ich nun das Vergnügen gehabt.«

»Das Vergnügen ….«, spottete Clementine und goss das Kochwasser aus dem Kartoffeltopf. »Eine gewisse Zeit habe ich das Spiel jetzt mitgespielt. Ich habe dir sogar Bücher ins Haus getragen, weil ich dachte, je früher er ›aufgeklärt‹ wird, um so eher kommt er über diese Einbildung hinweg. Aber mir scheint, dieses ›Ding‹ hat dich tatsächlich aus dem Gleichgewicht geworfen.«

»Es ist kein ›Ding‹ mehr, sondern eine hohe, überirdische Gestalt«, konstatierte Flyingstone. »Du bist ja nur eifersüchtig, weil du keine Beziehung zu dem höheren Wesen hast.«

»Danke, mein Lieber, ich kann gern verzichten. Zudem ist es noch nicht erwiesen, ob es sich wirklich um eine überirdische Gestalt handelt – oder um ein Blendwerk des Teufels.«

Flyingstone warf die Zeitung auf den Tisch, schlüpfte in seine Schuhe und sprang aus dem Sessel auf. »Was hast du gesagt? Blendwerk?«

»Ja, soll ich es wiederholen? Bist du so kindisch, in diesem phosphorisierenden Etwas – falls es überhaupt existiert – ein höheres Wesen zu sehen? Die Menschen haben sich zu allen Zeiten tausend Dinge eingebildet und sie für etwas gehalten, was ihre Phantasie ihnen ausgemalt hat. Ausgerechnet mein Mann muss ebenfalls einen solchen Spleen bekommen.«

»Das verbiete ich dir, Clementine, so abfällig über dieses Phänomen zu reden.« Flyingstone fuchtelte mit der zusammengerafften Zeitung dicht vor ihrem Gesicht. »Außerdem habe ich keinen Spleen. Das hat Dr. Klingbell eindeutig festgestellt.«

Flyingstone war des Streitens und Diskutierens müde. Früher hätte er sich vor einer Auseinandersetzung nicht gedrückt, aber diesmal war er dazu nicht aufgelegt. Es widerstrebte ihm, eine so hohe, hehre Gestalt in den Schmutz der gewöhnlichen Worte, in die Niederungen des gemeinen Redens zu ziehen. Er war nicht mehr derselbe, das war doch klar, das musste doch jedermann spüren. Noch am ehesten hätte es seiner Frau auffallen müssen. Wahrscheinlich bemerkte sie es auch am deutlichsten, und deshalb war sie so grantig. Weil die vermehrte Aufmerksamkeit nicht mehr ihrer Person galt, sondern der fremden, der imaginären, mit der Clementine nichts anzufangen wusste und die ihm, Henry Flyingstone, so unendlich viel bedeutete. Oder sollte seine Frau am Ende eifersüchtig sein …?

Flyingstone blickte Clementine von der Seite an. Ihr Gesicht war verschlossen, aber nicht unfreundlich. Wahrscheinlich war sie in Gedanken bereits ganz woanders. Der Schnitt, den sie aus dem Modeheft kopiert hatte und nach dem sie einen Rock zuschnitt, war wohl doch nicht so vielversprechend, wie Clementine ihn sich vorgestellt hatte.

So ist eben alles, dachte Flyingstone. Vorstellung und Wirklichkeit sind zuweilen wie feindliche Schwestern, von denen man hofft, dass sie zusammenfinden. Und er wünschte im Stillen, dass die Erscheinung ihn nicht hintergehen oder einer bloßen Fiktion aufsitzen lassen möge.

6

Frank O'Connor saß vor dem Schreibtisch seines Chefs auf einem Stuhl und wand seine feuchten Hände. »Nicht, dass Sie mich missverstehen, Mr. Kennedy. Ich möchte nicht petzen, nicht anschwärzen und nichts Nachteiliges sagen über meinen Kollegen. Ich hielt es jedoch für meine Pflicht, Sie darauf aufmerksam zu machen.«

Mr. Kennedy, der Leiter des Stadtplanungsamtes, schien nicht zuzuhören. Er hatte einen Kugelschreiber in der Hand und trommelte mit ihm auf der Schreibtischplatte. Dabei sah er seitlich zum Fenster hinaus. Unten im Fluss zog tuckernd ein Containerschiff vorbei. Die Augen des Vorgesetzten hefteten sich eine Weile an das tief liegende Ruderhaus, hinter dem beidseitig das Wasser aufschäumte, das die Schrauben durchpflügten.

,,Seit wann, Mr. O'Connor, sagten Sie, machen Sie diese Beobachtung?«

»Seit drei vollen Wochen, Sir.«

Ohne mit dem Trommeln aufzuhören und den Blick vom glitzernden Flusswasser zu nehmen, nickte Mr. Kennedy. »Ich kann dazu nicht viel sagen, mein Lieber«, sagte er darauf, »dass jemand Selbstgespräche führt, ist heutzutage nichts Ungewöhnliches. Wachsende Einsamkeit, Alleinsein, Sie verstehen. Oder meinen Sie, dass Mr. Flyingstone zunehmend Kontaktschwierigkeiten hat? Das könnte in seinem Alter natürlich vorkommen. Nachwachsende Konkurrenz, zum Beispiel, junge Leute, die in höhere Positionen drängen. Sehr gesprächig war er ja eigentlich nie. Aber wenn er jetzt mit sich selbst ...«

»Ja, Sir, das ist es ja. Mit sich selbst! Er scheint gelegentlich in eine ernste Unterhaltung mit sich selbst vertieft zu sein. Denn er lacht kaum und redet nur vor sich hin.«

»Was redet er?«, fragte Mr. Kennedy blitzschnell, und sein Kugelschreiber tippte in die Richtung, in der Frank O'Connor saß.

»Er führt eine fast lautlose Unterhaltung, Sir. Er bewegt die Lippen, und manchmal lächelt er. Sein Blick aber, Sir, wenn Sie seinen Blick sehen würden ...«

»Was ist mit seinem Blick?«

»Er ist weit fort, entrückt, verstehen Sie?«

»Nein«, erwiderte der Chef des Stadtplanungsamtes trocken.

Frank O'Connor schwieg betreten.

»Könnte es nicht sein« – Mr. Kennedy nahm die Unterhaltung nachdenklich wieder auf – »dass Mr. Flyingstone eine Sache, an der er gerade arbeitet, im Gegensatz zu Ihnen geistig durchdenkt und dann zu Papier bringt? Dass er gewissermaßen eine gedankliche Projektbeschreibung macht, bevor er an die praktische Ausführung geht?«

»Das ist höchst unwahrscheinlich, Sir.«

»Wieso? «

»Weil Mr. Flyingstone so selig dabei ist, so hingebungsvoll ...«

»So. Zeigt das nicht, wie ihm die Arbeit Spaß macht, wie beseelt er bei der Sache ist?« Die Stimme Mr. Kennedys hob sich leicht und nahm an Lautstärke zu.

»Gewissermaßen, Sir, könnten Sie Recht haben«, sagte Frank O'Connor leise. »Nur, so beseelt kann man bei der Arbeit, die Sie uns zuweisen, nicht sein. Verzeihung, Sir, es ist wohl besser, wenn ich gehe.«

Mr. Kennedy machte eine Handbewegung, die andeutete, dass O'Connor aus dem Gespräch entlassen sei.

Der Chef blieb noch eine Weile am Schreibtisch sitzen und dachte nach. Dass Flyingstone der qualifiziertere Arbeiter war, wusste er. Allerdings hatte er bisher nicht feststellen können, dass O'Connor nach einem besseren Posten strebte oder gar Flyingstones Stuhl einnehmen wollte. Nein, an der Sache musste etwas dran sein. Aus Neid oder Missgunst würde O'Connor Flyingstone nicht ins Gerede bringen. Waren sie nicht gar befreundet?

Also beschloss Mr. Kennedy, in Flyingstones Büro selbst nach dem Rechten zu sehen. Er wartete einen Tag, überzeugte sich, dass Mr. O'Connor einen Auswärtstermin wahrnahm und nicht Zeuge des Gespräches werden konnte, und ging dann leise zu Flyingstone hinüber.

Henry Flyingstone saß an seinem Schreibtisch, eine Skizze

der geplanten Umgehungsstraße vor sich, der ein Teil der Gärten im westlichen Vorstadtgelände zum Opfer fallen musste und weshalb es zu erheblichen Protesten aus der Bürgerschaft gekommen war. Flyingstone sollte eine für beide Seiten – für die Betroffenen wie für die Planer – akzeptable Kompromisslösung erarbeiten, eine Aufgabe, die neben Sachverstand einiges Geschick und die Kraft der Überzeugung erforderte. Mr. Kennedy betrat das Büro, aber Flyingstone bemerkte ihn nicht. Er saß, sein Handwerkszeug in den Händen, angestrengt über die Planungsskizze gebeugt und sprach mit sich selbst.

»Was sagen Sie dazu?«, hörte der Amtsvorsteher Flyingstone sagen. »Wie würden Sie die Sache zu Ende bringen?« Aber statt eine Antwort zu vernehmen, entrang sich ein langgezogener Seufzer der Brust des Angestellten. »Sie scheinen ein höheres Wesen zu sein, möglicherweise von einem anderen Stern«, begann Flyingstone aufs Neue seine Alleinunterhaltung. »Vielleicht geben Sie sich mir zu erkennen; wenn nicht heute, dann morgen oder übermorgen. Das Licht, das Sie umgibt und aus dem Sie zu bestehen scheinen, ist so warm und weich, so verlockend anziehend und heimelig, dass es mir alle Scheu nimmt und mich zu Ihnen hinzieht. Entschuldigen Sie meine Offenheit, so ist die Empfindung eines Menschen, der nur mit einem bestimmten Maß an Gefühl ausgestattet ist, während Sie überreich damit versorgt zu sein scheinen, denn sonst wäre Ihre Ausstrahlungskraft nicht so mächtig und brächte mich nicht in Verwirrung. Ich habe hier ein schwieriges Problem zu lösen, und ich hoffe, dass ich es schaffe, begreifen Sie das? Wenn nicht, ich wüsste nicht, was mit mir passiert. Meine berufliche Zukunft sähe nicht rosig aus. Ein Mann um die 60 ist in dieser Gesellschaft nichts mehr wert. Aber wie sollten Sie das nachvollziehen können. Ein Wesen aus Licht mit der Schnelligkeit eines Gedankens ...«

Flyingstone zog einen Strich, betrachtete die Wirkung auf dem Pergamentpapier und legte das Lineal von neuem an.

»Glauben Sie, so sei es besser? Ich brauche die Alternative, verstehen Sie? Die Alternative zu dem, was geplant ist und worüber sich nicht nur die Stadtväter, sondern auch die Bevölkerung die Mäuler zerreden.«

Flyingstone stand auf, um die Skizze aus Distanz in Augenschein zu nehmen – und erblickte Mr. Kennedy.

»Entschuldigung, Sir«, stammelte er, »ich habe Ihr Kommen nicht bemerkt.«

»Lassen Sie sich nicht stören«, erwiderte Mr. Kennedy unbefangen. »Sie proben da wohl gerade für ein Theaterstück?«

»Proben? O ... nein, Sir, ganz und gar nicht. Ich ...«

»Es hörte sich an, als ob Sie eine Rolle auswendig lernen würden.«

Flyingstone ließ vor Schreck das Lineal fallen und bückte sich schnell, damit der Vorgesetzte sein dunkelrot anlaufendes Gesicht nicht sähe. Mr. Kennedy beugte sich über die Zeichnung und nickte anerkennend. »Sieht nicht schlecht aus, mein Lieber. Damit könnten wir etwas anfangen in der nächsten Sitzung des Planungsausschusses. Ein durchaus denkbarer Kompromiss. Hauptsache, Mr. Flyingstone, wir stehen nicht mit leeren Händen da, verstehen Sie? Damit die da oben uns nicht vorwerfen, wir bekämen unser Gehalt fürs Stillsitzen, ha, ha! Na, machen Sie weiter so. Möglicherweise fällt Ihnen noch etwas dazu ein.«

Mr. Kennedy klopfte Flyingstone anerkennend auf die Schulter und merkte, dass der Mann leicht zitterte. »Ist ein bisschen viel in letzter Zeit, wie? Wird Zeit, dass der Urlaub kommt. Nun, Mr. Flyingstone, es dauert ja nicht mehr lange.«

Flyingstone wurde erst wieder richtig wach, als die Tür hinter dem Chef des Planungsamtes ins Schloss fiel. Was hat er gesagt? Was dauert nicht mehr lange? Ob er etwas ...

Natürlich hatte er die Zwiesprache gehört, sonst hätte er ja nicht … Proben … Theaterstück … Wenn der wüsste … Was hatte der Chef mit der Bemerkung gemeint: Wird Zeit, dass der Urlaub kommt … Meinte er wirklich Ferien, oder war das eine versteckte Anspielung auf eine vorzeitige Pensionierung? Flyingstone fuhr sich mit der Hand über die Stirn; sie war feucht. Diese strahlende Erscheinung, dieses unnatürliche Licht, das aus anderen Sphären kam, brachte ihn noch um den Verstand …

Flyingstone warf sich in seinen Bürostuhl und schloss die Augen. Er ahnte nicht, dass gleichzeitig ein paar Türen weiter Mr. Kennedy in gleicher Haltung an seinem Arbeitsplatz saß und nachdachte. Dieser O'Connor hatte wohl doch die Wahrheit gesagt. Merkwürdig, dieses Gerede, das Flyingstone da von sich gab. Aber verrückt oder überdreht, nein, das konnte er nicht sein, sonst käme bei dem konfusen Selbstgespräch nicht eine so akzeptable Lösung für die Umgehungsstraße heraus. Andererseits: Lag der Mann gerade deshalb im Kopf ein bisschen quer …? Genies sagte man ebenfalls nach, dass sie ein wenig plemplem seien – zuweilen wenigstens. Aber Flyingstone ein Genie? Das wäre wohl auch des Guten zuviel. Mr. Kennedy mochte sich nicht länger den unerfreulichen Gedanken über einen Mitarbeiter hingeben und beschloss, auf einen Drink in die Bar um die Ecke zu gehen.

7

Es muss etwas geschehen, bald, beschloss Flyingstone. So halte ich das nicht aus. Jetzt sitzt mir bereits der Chef im Nacken, schleicht sich an und schaut mir heimlich über die Schulter. Das war gewiss nicht zufällig. Jemand hat ihn auf meine Fährte gesetzt ...

Flyingstone dachte über den Satz nach: Auf meine Fährte gesetzt ... Bin ich ein Wild, grübelte er, dem man nachgeht, das gejagt werden soll? Er konnte seine Existenz nicht auslöschen, nicht vorübergehend an den Nagel hängen, bis Gras über die Affäre gewachsen war und Clementine, Katerbill-Joe und Mr. Kennedy und all die anderen ihn wieder als normales Glied der menschlichen Gesellschaft akzeptierten.

Vielleicht war jedoch auch die Erscheinung auf seine Fährte gesetzt worden ..., folgte sie seinen Spuren ..., hatte jemand ihr den Auftrag gegeben, ihn, Henry Flyingstone, nicht aus den Augen zu verlieren ... Vielleicht tat das Phänomen in Wirklichkeit lieber etwas anderes als ausgerechnet dem Durchschnittsleben Henry Flyingstones zur Seite zu stehen ... Zur Seite stehen ... Schon wieder eine so merkwürdige Assoziation, eine augenfällige Verknüpfung von Realität und Unwirklichkeit.

Flyingstone starrte in die Ecke des Wohnzimmers, in dem der Gummibaum seinen Platz hatte und den dunkelgrünen Glanz seiner lederhäutigen Blätter verbreitete. Mit einemmal wurde er gewahr, wie der verzweigte Stamm des Baumes vor seinen Augen zersplitterte, die Blätter wie Papierschiffe davonsegelten und sich in Luft auflösten und wie eine gleißende, aber nicht blendende Helligkeit den Winkel des Wohnzimmers überstrahlte. Eine Gestalt schwebte aus dem Lichtkreis wie aus einem überirdischen Raum, den sie verließ, um sich ganz zu vermenschlichen, um sich den Geschöpfen anzupassen, die die Erde bevölkern. Flyingstone spürte, dass sie aus einer anderen Welt kam, die über der stand, in der er lebte, die weiter entwickelt, die vollkommen und vollendet war. Mit der Menschwerdung der Gestalt, die er überwältigt erlebte, überströmte ihn ein Gefühl des Glücks und der Harmonie, das er bis dahin in dieser Form nicht gekannt hatte.

Das Phänomen – Flyingstone stellte erschaudernd fest, wie abfällig und unzutreffend die Bezeichnung im Grunde war – nahm also menschliche Züge an, wurde Mensch, ohne dass Flyingstone zu unterscheiden gewagt hätte, ob es stärker nach weiblichen oder männlichen Merkmalen geprägt war. Aber er begriff, dass diese Verwandlung nur durch einen unvorstellbaren Schöpfungswillen und dank unaussprechlich tiefer Liebe gelang.

»Entschuldigen Sie«, stammelte Flyingstone, »ich hätte Sie nicht herbeiwünschen, Sie nicht herbemühen dürfen. Meine Neugier, ich gestehe es, war so groß, seit ich Sie das erstemal sah, dass ich dem Geheimnis auf die Spur kommen wollte.«

Die Erscheinung, die nur ein paar Schritte von ihm entfernt im Zimmer stand, schwieg, aber Flyingstones Worte zeichneten ein feines, verständiges Lächeln in ihr Gesicht.

»Es war natürlich nicht nur Neugierde«, beeilte sich Flyingstone zu sagen. »Zunächst, verzeihen Sie, fühlte ich mich genarrt, ein wenig auf den Arm genommen, als ich Sie, oder besser das, aus dem Sie hervorgegangen sind, zum erstenmal sah. Sie waren klein, unterentwickelt, wie ein Embryo im 6. Monat im Vergleich zu ihrem jetzigen Aussehen. Ich fand beim erstenmal keine Spuren von Ihnen – außer einem Tuschefleck. Ich möchte Sie nicht bemühen, mir zu erklären, wie Sie das gemacht haben«, fuhr Flyingstone fort, als er keine

Antwort erhielt. »Ich sehe Sie nun in so herrlicher Gestalt, das muss mir genügen. Entschuldigen Sie mein aufdringliches Reden. Vielleicht möchten Sie etwas ganz anderes tun, als mir zuzuhören. Möglicherweise haben Sie einen Wunsch. Was kann ich für Sie tun? Ach, ich bitte vielmals um Verzeihung, dass ich Ihnen keinen Stuhl angeboten habe. Im Sitzen redet's sich besser, nicht wahr?«

Die Erscheinung machte keine Anstalten, den Platz, auf dem sie stand, zu verlassen und sich in einen Sessel zu setzen. Flyingstone war verwirrt wie ein Kind, das von einem nicht erwarteten Geschenk überrascht wird, zugleich aber ebenso glücklich. Er traute sich nicht, sich zu rühren. Er stand vor dem Sessel, aus dem er sich erhoben hatte, die eine Hälfte der Zeitung in der Hand, die andere lag zu seinen Füßen. Flyingstone freilich nahm es nicht wahr, seine Augen hingen gebannt an dem unwirklichen Bild, das sich ihm durch die Gnade seines Schöpfers erschloss.

Ja, Henry Flyingstone ahnte, dass dieses Bild keine Suggestion und kein Gaukelspiel des Bösen, sondern die Offenbarung einer anderen Welt war, einer Welt, die es gut mit ihm meinte. Flyingstone fühlte sich gänzlich ausgefüllt von diesem Bild, es war ihm, als sei ein Teil des Wesens in ihn übergeströmt, obgleich er nicht wusste, woraus dieses Wesen bestand; er spürte nur, dass es erhebend und heilsam war.

Nein, einer solchen hehren Erscheinung konnte man keinen Platz anbieten, wenn sie sich ihn nicht selbst wählte, und vor ihr auch nicht selbst Platz nehmen. So standen sich beide gegenüber, ein Augenblick, wie ihn die Schöpfung nur alle Jahrhunderte bereithält, eine Sternstunde, von der die Menschheit keine Notiz nahm, sondern die nur für zwei galt, für beide die gleiche Gnade bedeutete – denn es ist auch nicht alltäglich, dass sich das Überirdische herablassen darf in die Grenzen und Dimensionen dieser Welt.

»Ich bitte Sie um Verzeihung«, sagte Flyingstone abermals, als er sich bewusst wurde, dass einige Zeit verstrichen sein musste, ohne zu wissen, wie sein Gast diese vergangene Zeit bemessen würde, »ich möchte wirklich nicht, dass Sie sich langweilen. Sagen Sie nur, was ich tun muss, ich werde mich bemühen ...«

Die Gestalt löste ihre Hände, die sie bis dahin verschränkt auf der Brust gehalten hatte und die Flyingstone nun durchsichtig wie Zellophan vorkamen, und machte eine Geste, die Henry als abwehrend deutete. Augenblicklich schwieg er betreten.

»Ich habe mich zu entschuldigen«, sagte darauf mit einer Stimme, die fern, aber doch klar war, die Erscheinung. »Es ist ein weiter Weg aus der für Sie unsichtbaren Welt in die Welt der sichtbaren Dinge. Es war mir nicht vergönnt, mich Ihnen sogleich zu offenbaren, so gern ich es getan hätte. Zudem wären Sie, wenn ich mich Ihnen sogar in der mir von Gott gegebenen Gestalt gezeigt hätte, furchtbar erschrocken.«

Von Gott gegeben? Flyingstone horchte auf. Er sah auf den Mund seines Besuchers, aber der Mund bewegte sich nicht. Er hörte die Stimme, aber sie schien aus dem Inneren der Lichtgestalt zu kommen, aus dem Herzen, ja, vielleicht war es die Sprache des Herzens, die er mit einem Male verstand und die sich nicht der Stimmbänder und des Mundes bedienen musste, um sich auszudrücken.

»Von Gott gegeben?«, fragte Flyingstone, und er wich einen Schritt zurück, bis er mit den Kniekehlen den Samt des Sessels berührte. »Sie sind – von Gott ... zu mir gesandt?«

Flyingstone war kein besonders gläubiger Mensch. Er war zwar getauft und christlich erzogen worden, jedoch so, dass diese Erziehung ohne auffällige Auswirkungen auf sein späteres Leben geblieben war. Solange ich niemanden umbringe, meine Steuern zahle und die Sammler für wohltätige

Zwecke nicht von der Tür weise – solange tue ich kein Unrecht, pflegte er zu sagen, wenn Clementine ihn gelegentlich aufforderte, sie in den Sonntagsgottesdienst zu begleiten. Flyingstone betete nicht täglich, und er dachte auch nicht jeden Tag an Gott.

Und nun schickte Gott einen Boten – zu ihm?

»Er schickt mich nicht direkt«, erwiderte die Stimme sanft. Um den Mund der Erscheinung lag ein spitzbübisches Lächeln. »Ich war neugierig auf Sie. Sie aus der Unsichtbarkeit der Anonymität zu begleiten, das machte mir auf Dauer keinen Spaß. Verzeihen Sie. Alles macht Spaß und ist Freude, was aus dem Himmel kommt. Aber was nutzt es mir, wenn ich Sie sehe und um Sie bin, Sie jedoch keine Notiz von mir nehmen?«

»Sie sind ständig um mich?«, rief Flyingstone, und in seiner Stimme schwang Freude und Entsetzen zugleich.

»Ich bin zu Ihrem Schutz da, Henry Flyingstone.«

Sie kennt mich, auch meinen Namen, durchzuckte es Flyingstone, und in Blitzestempo lief sein Dasein vor ihm ab mit seinen Fehlern und Schwachheiten, deren diese Erscheinung Zeuge gewesen war.

»Ja«, nickte der Besucher. »Ich kenne nicht nur Ihren Namen, sondern auch Ihr Leben. Ich bin Ihr Schutzengel, wenn Sie aus der Religionsstunde noch wissen, was das ist.«

Flyingstone wollte überrascht einen weiteren Schritt zurücktreten, aber jetzt drückten sich die Kniekehlen so fest gegen das Polster, dass sie einknickten. Flyingstone saß augenblicklich im Sessel, beeilte sich, sich aufzurappeln, aber die zarte, durchscheinende Hand des Engels legte sich ihm behutsam auf den Arm, ohne dass er sie spürte, und bedeutete ihm, sitzen zu bleiben.

»Entgegnen Sie nichts«, sagte der Engel, »es ist besser, wenn ich Ihnen erkläre, warum ich da bin. Sehen Sie, Henry

Flyingstone, ach, das ist mir zu unpersönlich gemessen an euren gesellschaftlichen Gepflogenheiten – ich nenne Sie Henry und sage DU. Einverstanden? Wenn Gott uns erlaubt, zu ihm DU zu sagen, wenn alle Welt ihn Vater nennt und ihn duzt, werde ich mir gestatten, es ebenso mit dir zu tun, und ich hoffe, du tust desgleichen mit mir. Also, Henry, ich sah dich so in den Tag leben. Sinnlos, verzeih, darunter verstehe ich, dass du so wenig an Gott denkst.

Du tust deine Pflicht im Büro, das ist wahr. Unzählige Male habe ich dich auf dem Weg dorthin oder zurück nach Hause begleitet. Du bist erfolgreich, das gebe ich zu, und dein Vorgesetzter, Mr. Kennedy, hat es dir erst vor einigen Tagen bestätigt. Aber das alles ist nicht sinnvoll, wenn du nicht wenigstens einen Gedanken täglich Gott schenkst, deinem Schöpfer, der dir deine Talente verliehen hat und dem du dein Leben verdankst. Du hast auch Gott gegenüber Pflichten, Henry. Ich bat ihn um die Gnade, dir das sagen zu dürfen. Deshalb bin ich hier.«

Flyingstone rieb sich die Augen. Träumte er? Der Engel stand noch immer an seinem Platz, hell und durchscheinend. Das lange Gewand fiel ihm bis auf die Fußspitzen herab. Mit unfasslichem Erstaunen sah Flyingstone, dass der Gummibaum, der in der Ecke seinen Platz hatte, durch die Gestalt hindurch schien, so transparent war die Erscheinung.

»Und Gott«, stammelte Flyingstone, »und Gott hat dir, Verzeihung, darf ich wirklich DU sagen?«

Der Engel nickte.

»Gott gab dir die Erlaubnis, zu mir zu kommen?«

»Es war nicht ganz einfach«, sagte der Engel. »Ich bin wohl recht hartnäckig, und Gott mochte meiner ständigen Bitten überdrüssig sein. Nein, nein, nicht überdrüssig«, beeilte sich die Lichtgestalt zu sagen und senkte den Blick. »Gott ist niemals jemanden überdrüssig. Freilich zögerte er eine Weile, bis er mir die Genehmigung gab, mich sichtbar machen zu dürfen.«

»Warum?«, fragte Flyingstone mit zitternder Stimme.

»Nun, Henry, gleiches Recht für alle, oder nicht? Wenn ich dir als dein Schutzengel erscheinen durfte, so haben alle anderen Schutzengel im Grunde auch das Recht, nicht wahr?«

Das leuchtete Flyingstone sofort ein. Ein Gefühl tiefer Befriedigung machte sich in ihm breit, ein Glücksgefühl, für das er keine Worte fand. Nur ihm war die Auszeichnung der Engelerscheinung zuteil geworden? Aber was hatte Gott mit ihm vor, dass er ihn, einen kleinen Angestellten des Stadtplanungsamtes, mit dieser Gnade auszeichnete. Oder war es keine Gnade, sondern Mahnung, Warnung vor einem Ereignis, das unheilvoll seine Schatten vorauswarf?

Der Engel wusste, was Flyingstone dachte, er sah seine Gedanken wie Lesende die Buchstaben einer Zeile. »Hab' keine Angst«, sagte er. »Du hast nichts zu befürchten. Du bist frei in deinen Entscheidungen, Henry, was immer ich zu dir spreche.«

Flyingstone spürte plötzlich einen Widerstand in sich, der nicht aus ihm selbst zu kommen schien, eine Ladehemmung – schoss es ihm durch den Kopf –, für die ich nichts kann und die ich nicht will, die aber da ist wie aufgedrängt. »Frei?« fragte er und horchte dem fremden Klang seiner Stimme nach. »Frei? Ich? Ist der Mensch überhaupt frei?«

»Du kannst mich Cordelia nennen«, sagte der Engel. »Das ist der Name, mit dem ich im Himmel gerufen werde. Doch, Henry, der Mensch ist frei, frei im Rahmen seiner Möglichkeiten. Die vollkommene Freiheit hat er freilich verwirkt, damals, oder besser: vor langen Zeiten, als Adam und Eva sich das Paradies verscherzten. Aber es gibt eine relative Freiheit, Henry, es ist die Freiheit einer Fliege, die sich in deinem Auto gefangen hat und mit dir reist. Sie gelangt an einen Ort, an den sie möglicherweise nicht will. Aber in deinem Wagen kann sie sich unterwegs unangefochten bewegen. Sie setzt sich auf deine Stirn – vorausgesetzt, du bist ein geduldiger Mensch –, oder auf das Lenkrad, sie fährt auf dem Beifahrersitz oder auf der Rückenlehne.« Cordelia lächelte. »Findest du nicht, dass ich mich euren Gebrauchsgegenständen gut angepasst habe – als Nichtautofahrerin?«

Sie hat Witz, überlegte Flyingstone. Ein Engel, der Witz hat. Ich dachte immer, sie singen den ganzen Tag oder lobpreisen Gott.

»Das tun wir durch unser Sein, Henry«, entgegnete der Engel, der Flyingstones Gedanken gelesen hatte. »Gott hat uns geschaffen zu seiner Freude. Indem wir sind, preisen wir Gott und danken ihm. Auch der Mensch ist Gottes Schöpfung. Hat er das jedoch nicht vielfach vergessen? Denk bitte einmal darüber nach.«

Flyingstone senkte für einen Augenblick die Augen, und als er sie wieder erhob, blickte er auf den Gummibaum mit seinem verästelten Stamm und den ledrigen Blättern. Flyingstone saß in seinem Sessel, einen Teil der Zeitung in der Hand, während ihm der andere entglitten war. Er fuhr mit der Hand über die Augen; eine Geste, die er in diesen Tagen bereits häufig gemacht hatte, wenn er nicht wusste, ob das, was er gesehen oder erlebt hatte, Traum oder Wirklichkeit gewesen war.

Was narrt mich? fragte er sich. Wer forderte mich eben auf, widerspenstig zu sein? Mache ich mich zum Gespött meiner selbst? Cordelia – so nennt sich dieser Engel. Kommt und verschwindet, wie es ihm passt. Aber wohin ist er gegangen, wenn er sich mit so viel Mühe sichtbar gemacht hat? Was hat ihn bewogen, grund- und grußlos zu verduften?

Flyingstone blickte sich um. Nichts deutete auf eine Erscheinung himmlischen Ursprungs hin. Es roch nicht nach Weihrauch, noch war die Luft geschwängert vom Nachklang sphärenhafter Melodien. Er ging dennoch zum Fenster und öffnete es. Der schwindende Tag schickte mit einem Schwall frischer Luft die Geräusche der Straße zu ihm herein.

8

»Ich unterbreite dir einen Vorschlag«, sagte Clementine. »Du vergisst diesen Spuk, und ich mache keine Bemerkung mehr über deine Selbstgespräche.«

»Indem du von Spuk redest und mir Selbstgespräche unterstellst, nimmst du mich nicht ernst«, konterte Flyingstone. Sie gingen am Ufer des Kanals entlang, sie hatten sich untergehakt, jedoch Flyingstone entzog ihr den Arm, weil er sich provoziert fühlte.

»Wie lange ist dieses Phänomen jetzt schon Gesprächsstoff?«, schimpfte Clementine. »Nicht nur zwischen uns – auch deine Kollegen sprechen darüber, und zwar nicht mehr hinter der hohlen Hand, wie am Anfang, sondern offensichtlich. Sie machen sich über dich lustig, Henry, aber du merkst es nicht!«

»Sollen sie«, ereiferte sich Flyingstone. »Sollen sie sich das Maul zerreden.« Jetzt, da sie ihm an den Kragen wollten, kämpfte er für Cordelia, obgleich die bohrende Skepsis den Samen des Zweifels bereits ausgestreut hatte. »Ich glaube an die Erscheinung, selbst wenn jede Erklärung euren Argumenten nicht standhält.«

»Wenigstens das siehst du ein«, seufzte Clementine. Sie blieb einen Augenblick stehen und betrachtete ein vorübertuckerndes Lastschiff. Die Kinder des Eigners spielten an Deck. Hinter dem Steuerhaus flatterte bunte Wäsche im Wind. Herbstferienzeit, dachte Clementine, die ganze Familie reist durch die Welt.

Flyingstone starrte über das Schiff hinweg in die Ferne, wo der dünne weiße Rauch eines Heizwerks aus dem hohen Schornstein stob, aber in Gedanken war er nicht auf dieser Welt, in Gedanken war er bei Cordelia.

Sie hat mir nicht einmal erklärt, warum sie erst eine Putte war und sich dann zu einer solchen Schönheit mauserte. Mausern – nun, das war auch nicht gerade der richtige Vergleich, aber in diesen Wochen lief so vieles quer, da kam es auf die präzisen Worte gewiss nicht mehr an. Sie erwähnte nur, dass es ihr nicht vergönnt gewesen sei, sich sogleich zu offenbaren …

Das ist sehr einfach, vernahm Flyingstone plötzlich eine Stimme in sich. Ich habe mir eine Form der Erscheinung gewählt, die euch Menschen zugänglich ist. Eine Putte ist etwas Niedliches, Kleines, Eingängiges; sie ist dem Kind im Menschen verwandt. So hat man einen Engel gern. Er tut einem nichts zuleide, stellt keine Forderungen, ist einfach um einen wie ein Zeitvertreib. Es ist die Folge eures rationalen Denkens, eures schwindenden Glaubens und der Erlahmung eurer religiösen Erfahrung, dass ihr Engel so seht, wie ihr sie sehen wollt, wie eure Künstler sie geschaffen haben. In Wirklichkeit sind wir ganz anders. Wäre ich zum Beispiel in einer Feuergestalt vor dich hingetreten, Henry Flyingstone, du wärst zu Tode erschrocken und hättest keine Gelegenheit gefunden, dich mit deinem Schöpfer zu versöhnen.

Bin ich schon so nah …, durchfuhr es ihn.

Nein, hörte er wieder Cordelias Stimme, so nah am Tode nicht. Obgleich ich natürlich nicht weiß, für wann Gott den letzten Tag deines Lebens bestimmt hat. Auch wir Engel wissen längst nicht alles. Gottes Weisheit und Größe ist unergründlich, Henry. Ich weiß so viel wie … wie der Zipfel am Saum eines Mantels, wenn du dieses Bild begreifst.

Flyingstone blieb stehen und legte einen Augenblick die Hand über die geschlossenen Augen. Er trachtete das soeben gehörte Wort aufzunehmen, es zu durchdenken und zu verstehen. Dabei suchte er krampfhaft nach einer Vorstellung, wie Cordelia aussah, jetzt, in diesem Augenblick, in dem sie ihm diese Worte, diese Gedanken eingab, in dem sie an seiner Seite war, für die sterbliche Welt unsichtbar, aber spürbar für die Schwingungen seiner Seele.

Clementine riss ihn aus seinen Überlegungen. »Träumst du, Henry?«, fragte sie. »Oder hast du wieder einen deiner Anfälle?«

»Ich habe keine Anfälle«, erklärte Flyingstone. »Ich versuche mir nur vorzustellen, wie er ist.«

»Wer? Der Engel?«

»Ja«, nickte ihr Mann.

9

Der Engel stand auf der anderen Straßenseite, wo zwei Gärten aneinanderstießen, im Schatten eines Nussbaumes und winkte. Es schien, dass er auf Flyingstone gewartet hatte. Eine Mandorla aus kreisendem Licht umgab ihn, und in dieser Aura bewegte er sich etwas gelockerter und nicht mehr so statuenhaft wie beim letztenmal. Seine Füße berührten kaum den Boden, ja, bei Flyingstone entstand der Eindruck, der Engel schwebe wenige Zentimenter über der Erde, aber das konnte auch eine Täuschung sein, denn das lange, lichte Gewand fiel faltenlos bis auf den Grund.

»Deine Frau ist dir böse, Henry, nicht wahr?«, fragte Cordelia.

»Ja. Entschuldige ihre Kraftausdrücke. Ich weiß nicht, was in sie gefahren ist.«

Der Engel lächelte. »Das ist kein Wunder, Henry. Sie versteht nicht, was geschieht.«

»Das verstehe ich ja selbst nicht!«, rief Flyingstone. Er stand mit hängenden Schultern hilflos ein paar Schritte von der Erscheinung entfernt. »Warum, warum passiert das alles mit mir?«

»Ich kann auch wieder verschwinden, Henry«, erwiderte der Engel leise. Aber in gewisser Weise hast du mich ja wieder herbeigesehnt.«

»Herbeigesehnt? Ich?«

»Ja, Henry. Und geschah es auch nur aus Neugier. Ich fühlte mich wiederholt aufgefordert, dich nicht im Unklaren über mich zu lassen und dir Gewissheit zu verschaffen, dass es mich gibt und ich keine Illusion deiner Phantasie bin.«

»Ihr musst du das sagen, *ihr*!«, rief Flyingstone und deutete in die Richtung, in der seine Frau verschwunden war. »Wenn Clementine das aus deinem Munde hört, wird sie sich zufrieden geben und mir nicht zusetzen mit ihren Vorwürfen und Fragen, auf die ich keine Antwort weiß.«

Der Engel schüttelte den Kopf. »Deiner Frau kann ich nicht helfen, Henry. Ich bin nur für dich zuständig. Aber da ich – ich gebe es zu – dich in eine ziemlich verzwickte Lage versetzt habe, will ich dein Los ein wenig erleichtern helfen.«

»Wie soll das geschehen?«, fragte Flyingstone schnell.

»Indem ich etwas von deiner Unsicherheit nehme und dir Gelegenheit gebe, mich besser kennen zu lernen.«

»Mir genügt zu wissen, dass ich nicht krank bin«, entgegnete Flyingstone. »Alles andere, entschuldige, interessiert mich zur Zeit nicht.«

»Dann habe ich mir also vergebliche Mühe gemacht, zu dir zu kommen«, sagte Cordelia nach einer Weile des Schweigens, und ihre Betroffenheit und ihre Enttäuschung waren nicht zu überhören.

»Ich meine es nicht bös«, beeilte sich Flyingstone zu versichern, und zugleich spürte er wieder den Drang zur Opposition und wider den Stachel zu löcken. »Ich sehe freilich keinen Sinn in deiner Anwesenheit auf Erden, wenn es etwa nur um meine Bekehrung geht. Ich bin nicht besonders gläubig.«

»Das weiß ich«, sagte Cordelia.

»Inwieweit ich mein Leben anders hätte leben sollen oder von nun an leben sollte – das ist letztendlich meine Entscheidung, oder?« Flyingstone empfand augenblicklich, dass seine Rede hart ausgefallen war, und setzte hinzu: »Für deine Erinnerung oder Ermahnung bin ich natürlich dankbar.«

»Über die Freiheit habe ich dir bereits einmal etwas gesagt, Henry, selbst wenn das in der Kürze der Zeit nur andeutungsweise geschah. Du bist frei in deinen irdischen Entscheidungen, das ist klar. Aber du lebst nicht nur für diese Welt, Henry, das ist ebenso sicher, ob du nun gläubig bist oder nicht. Der Mensch erfährt, was er geglaubt hat. Wer nicht glaubt, wird auch jenseits der irdischen Grenzen nichts erfahren, woran er sich halten könnte. Ich will dich nicht beeinflussen, mein Freund. Ich dachte wohl, ich könnte dir einige Möglichkeiten aufzeigen, wie man sinnvoller lebt – eben im Blick auf die Ewigkeit. Ich spüre, wie mein Angebot dich abhält. Aber ich weiß auch, dass dein Zögern nicht allein auf deiner Willensäußerung beruht, sondern dass der Einfluss des Bösen mächtig ist. Er will dich abhalten, mir zuzustimmen. Ich erkenne es wohl.

Der Engel sah Flyingstone durchdringend an, und der Schutzbefohlene spürte den Blick bis tief ins Herz. Die Wärme, die ihn schon einmal inwendig ergriffen und durchglüht hatte, nahm wieder von ihm Besitz und füllte ihn aus wie ein Gefäß. Augenblicklich war jeder Widerspruch in ihm aufgehoben, die Verärgerung – sofern es eine gewesen war – über Cordelias vermeintliche Aufdringlichkeit war verschwunden, aufgelöst, weggeblasen wie eine Feder, die die Luft entführt. Stattdessen gewann die Zuneigung wieder Raum, die Flyingstone schon kannte und die er als einen Anflug von Sehnsucht interpretierte, ohne dass er sie endgültig deuten konnte. Was verband ihn wirklich mit diesem Wesen aus der anderen Welt?

Flyingstone wusste es nicht, aber er fügte sich drein, dass er mit dieser Spannung leben musste.

Er sah den Engel abwartend an. Dabei kam ihm zum Bewusstsein, dass sie sich gegenüberstanden wie beim erstenmal, als Cordelia sich in voller Größe gezeigt hatte. Hier auf offener Straße gab es freilich keine Möglichkeit, ihr einen Platz anzubieten.

»Ich weiß ein Café, es ist nicht weit«, sagte Flyingstone. »Es wird noch nicht geschlossen sein um diese Zeit. Wenn du willst, Cordelia, können wir dort weiterreden.«

Der Engel willigte ein. Etwa hundert Schritt voraus, auf der linken Straßenseite, befand sich ein Krankenhaus. Als sie vorübergingen, blieb Cordelia einen Augenblick stehen und senkte die Augen.

»Was tust du?«, fragte Flyingstone.

»Ich ehre das Leid und die Menschen, die es tragen.«

»Das verstehe ich nicht.«

»Alle diese Menschen tragen ein Stück des Kreuzes Christi, falls du begreifst, was ich meine. Ihre Krankheit ist eine Prüfung, aber auch Bewährung und ganz sicher ein Schritt zur inneren Läuterung auf dem Weg zum Heil.«

»Das ist ein bisschen viel auf einmal«, sagte Flyingstone, nachdem er über den Satz nachgedacht hatte. »Kreuz Christi – Prüfung – Heil …«

»Es hat in der Geschichte dieser Erde viele Menschen gegeben, deren Lebensweg so vorbildlich war, dass man ihn getrost zur Nachahmung empfehlen könnte. Doch kein Mensch war so vollkommen wie Christus, kein Lebensweg so vollendet wie seiner. Als Sohn Gottes ist er den Weg des Kreuzes gegangen, den Weg des Leids. Es ist die höchste Stufe menschlicher Vollkommenheit, für andere zu leiden. Denn Leid, Henry, macht frei. Leid ist ein Weg der Läuterung, der Sühne, an seinem Ende steht der Mensch reifer, weiser, vollendeter – wenn er ihn richtig verstanden und gewertet hat. Und nun nehmen die Kranken in diesem Hause am Kreuzweg des Herrn teil, jeder auf seine Weise, mit starken und weniger auffälligen Beschwernissen. Sie sind eingebunden in das Erlösungswerk Jesu Christi – und dazu gehört ja, wie du weißt, vor allem die Auferstehung am Ostermorgen.«

»Ob sie es wissen, dass sie ein Stück des Kreuzes mittragen und dass man himmlischerseits so hohe Anforderungen an sie stellt?«

»Natürlich wissen es nicht alle, zumindest machen sie es sich nicht bewusst. Aber jede Krankheit, Henry, löst Fragen aus. Der Kranke fragt sich: Warum bin ich hier? Weshalb hat mich dieses Leid getroffen? Fragen führen zu Ahnungen, zu Erkenntnissen, auch wenn sie unausgesprochen bleiben. Es verlässt niemand diesen Ort in dem Zustand, in dem er ihn betreten hat.«

»Du meinst, er geht irgendwie verwandelt von hier, in einem anderen, neuen Bewusstsein?«, fragte Flyingstone stirnrunzelnd.

Cordelia bejahte.

»Und wenn er kein Christ ist – und somit nichts weiß vom Kreuz Christi und seiner Bedeutung?«

»So erfährt er die Veränderung, die Wandlung auf andere Weise. Ihm stellt sich ja auch das Heil seiner Seele anders dar als dem, der Christ ist.«

»Und wenn er nicht an seine Seele glaubt oder an ein anderes Leben?«, bohrte Flyingstone.

»Das wäre schlimm für ihn«, sagte der Engel leise. »Aber Gott hat viele Möglichkeiten, sich seiner zu erbarmen.«

»Das verstehe ich nicht«, sagte Flyingstone.

»Komm, lass uns gehen«, bat der Engel.

Es war unterdessen fast dunkel geworden. Flyingstones Kopf brummte, die Gedanken suchten eine Ordnung, auf die sie sich stützen konnten, aber alles blieb wirr und chaotisch. Hinzu kamen Gewissensbisse wegen Clementine; was sie jetzt wohl ohne ihn täte und ob sie sich vielleicht ängstige, weil er nicht nach Hause kam. Vielleicht machte sie sich Vorwürfe, weil sie ihren Mann einmal auf offener Straße und vor fremden Menschen angeschrien und wie einen begossenen Pudel stehen gelassen hatte. Clementine konnte sehr impulsiv sein, jedoch wenn die Erregung nach wenigen Minuten abklang, tat es ihr meist leid, wenn sie jemandem Unrecht getan hatte. Sie muss noch lernen, dachte Flyingstone und wunderte sich, welcher Gedankensprünge er fähig war. Und ich muss lernen. Ein ganzes Leben reicht nicht aus, um alles richtig zu machen oder wenigstens so, dass es den anderen nicht schmerzt.

Es saßen nur noch drei Gäste im Café. Flyingstone grüßte flüchtig und steuerte auf eine Ecke zu, wo sie sich ungestört unterhalten konnten. Der Engel setzte sich, und Flyingstone sah zum erstenmal seine Hände. Sie waren zart und durchscheinend und von den Ärmeln des faltenlosen Gewandes bis an die Handwurzeln bedeckt. Cordelias Gesicht war von unbeschreiblichem, überirdischen Licht durchdrungen, es strahlte eine Ruhe und einen Frieden aus, die sich der Umgebung unbedingt mitteilen müssten; Flyingstone sah sich um, aber niemand schien die Helle und die ungewöhnliche Stille wahrzunehmen. Er ahnte, warum.

Flyingstone fühlte sich an den abgelegenen Rosenteich im Volkspark versetzt. Hier hatte er einmal allein in einer stillen Stunde des Abends nach einem arbeitsreichen Tag gesessen und die Natur in sich aufgesogen wie ein ausgetrockneter Schwamm. Und es war ihm vorgekommen, als würde er selbst zu einem Stück Natur, als verschwistere er sich mit den Bäumen, den Büschen, den Blumen, dem silbern glänzenden Wasser und den in engelhafter Unschuld blühenden Rosen des Teiches und werde eins mit ihnen oder ein Teil der Schöpfung. An dieses Bild inneren Friedens fühlte sich Flyingstone erinnert, als er sich an die Seite des Engels setzte. Er sah sich abwägend um, jedoch weder die Bedienung, die sich anschickte, ihm die Getränkekarte zu bringen, noch die Gäste schienen Cordelia bemerkt zu haben. Flyingstone bestellte zwei Kaffee, als sich das Serviermädchen nach seinen Wünschen erkundigte.

»Zwei?«, fragte es ungläubig.

»Verzeih«, wandte sich Flyingstone an Cordelia, »oder hättest du lieber einen Kakao?«

»Danke, nichts«, entgegnete der Engel. »Ich bin wunschlos glücklich.«

Die Bedienung sah Flyingstone ratlos an .»Was darf ich Ihnen nun bringen, mein Herr?«

»Einen Kaffee, bitte.«

Das Fräulein eilte nach nebenan. »Brüh ein paar Bohnen mehr auf, Mary«, forderte sie die Küchenhilfe auf, »da ist wieder jemand, der zu tief ins Glas geguckt hat. Sieht doppelt und redet mit sich selber.«

»Kein Wunder bei den horrenden Arbeitslosenzahlen«, brummte Mary und bediente die Kaffeemaschine. »Erst ertränken sie ihre Probleme in Whiskey, und dann brauchen sie einen klaren Kopf, damit sie zu Hause halbwegs gnädig aufgenommen werden.«

Flyingstone wartete, bis er den ersten Schluck heißen Kaffees zu sich genommen hatte, dann wandte er sich an den Engel, der ihn schweigend musterte.

10

»Du hast dir kein leichtes Amt ausgesucht – mich zu beschützen, Cordelia. Ich wüsste, was ich lieber täte.«

»Ich nicht«, sagte Cordelia ernst. »Schon ehe du geboren warst, hat Gott mich an deine Seite gestellt. Ich empfand das als eine große Auszeichnung.«

»Auszeichnung?« Flyingstone zog die Augenbrauen hoch.

»Ja. Gott schickte dir einen Begleiter, Henry. Gott dachte an dich – so wie er immerzu an dich denkt.«

»Von dieser Seite habe ich das noch nicht betrachtet«, sagte Flyingstone, ein leiser Spott lag in seiner Stimme. »Ich kann mir vorstellen, dass mein Chef im Stadtplanungsamt mich observiert, weil die Gerüchte über mich nicht verstummen – aber Gott?«, fügte er leise und versöhnlich hinzu.

»Jeder Mensch ist so wichtig für Gott, als wäre er der einzige auf der Welt«, nickte Cordelia.

»Du kommst mir immer wieder mit so großen Worten, auf die ich keine Antwort geben kann«, sagte Flyingstone. »Aber bei Licht besehen ...Bei Licht betrachtet ist das Leben grausam, und ich weiß nicht, wo Gott dann ist. Weißt du, deine Worte sind oft wie Gedichte, die man in einer stillen Stunde hört, bei Kerzenschein und Musik von Mozart. Aber beim Erwachen …«

»Mozart liebe ich auch«, bestätigte der Engel.

»Du kennst ihn?« fragte Flyingstone überrascht.

»Wer kennt ihn nicht? Mit jedem Akkord lobt er Gott. Sind seine Werke nicht eine endlose Reihe von Gebeten?«

»Das begreife ich nicht, ist zu hoch für einen mittleren Angestellten. Kann Musik Gebet sein?«

»Alles, was Gott lobt und preist, kann Gebet sein, Henry. Das solltest du eigentlich wissen. Es kommt auf die Intention an, auf die Absicht, den Zweck.«

Flyingstone sah das Gesicht des Engels dicht vor sich, das so zart und zerbrechlich war wie Muranoglas.

»Bei den Künsten mag das noch angehen«, erwiderte Flyingstone. »Die Dichter, Musiker, Maler, ja, die mögen Gott loben in ihren Werken. Aber ein Mensch wie ich, der die Welt nicht verändert und die Menschen nicht erfreut … Welche Freude könnte Gott an meiner Arbeit haben?«

Cordelia sprang auf. Das geschah so impulsiv, dass Flyingstone mutmaßte, sie verlöre nun ein Stück ihrer himmlischen Würde, wenn sie sich wie ein Mensch benähme. »Wenn du sie ihm zuliebe tust, Henry, ist deine Arbeit Gold wert!«, rief sie. »Gott hat Freude an jedem deiner Bleistiftstriche, an jedem berechneten Winkel und an den Linien auf deinem Millimeterpapier. Alles, jeder Gedanke, jede Erfindung, jede Entdeckung hat doch in ihm seinen Ursprung. Verstehst du das nicht? Alles stammt aus Gott, ist aus Gott. In seiner großen Güte und Liebe zu den Menschen lässt er euch entdecken, was schon ist, was verborgen längst existiert, damit ihr euch daran freut und es nutzt, damit es euch Segen bringt.«

»Gott liebt also meine Arbeit?«

»Ja, ja, Henry. Er liebt dich und das, was du ihm zur Ehre tust.«

Die Stille sickerte spürbar zwischen sie, breitete sich aus, erfüllte sie mit Kraft und Wohlbehagen. Flyingstone blickte den Engel an und der Engel ihn. Mein Gott, dachte Flyingstone, ist es denn wahr, dass Cordelia mir ein klein wenig ähnlich sieht? Die Nase? Die Mundpartie? … Oder sehe ich ihr ähnlich? … Wie alt mag sie wohl sein … ? Aber gibt es denn das überhaupt, dass ich ihr …, wo sie doch eine Frau …, nein, quatsch, ein Wesen wie eine Frau oder frauenähnlich … oder in weiblicher Gestalt …

»Gib dir keine Mühe«, lachte Cordelia, die Flyingstones Gedanken las. »Das Rätsel löst du nie. Es gehört zu den vielen für euch Menschen unbegreiflichen Geheimnissen zwischen Himmel und Erde.«

»Bist du eigentlich schon – sehr alt, Cordelia?«, erkundigte sich Flyingstone, aber zugleich bedauerte er diese indiskrete Frage.

»Ich weiß nicht, Henry«, erwiderte der Engel. »Ich bin aus Gottes Gedanken entstanden, irgendwann, die Zeit ist nicht messbar. Aber David sang noch nicht zu seiner Harfe, und Saul verfolgte ihn noch nicht in die Oase von Ein Gedi.«

Mit dieser Bemerkung freilich vermochte Flyingstone nicht viel anzufangen. Er wusste nicht, wann David gelebt hatte und warum er vor Saul geflohen war.

»Du siehst aus«, schätzte Flyingstone, »als ob du 25 Jahre alt wärst.«

»Danke«, lachte Cordelia. »In den Augen der Menschen ist das wahrscheinlich ein Kompliment. Mir sagt es nichts.«

»Schade.«

»Weshalb?«

»Weil du ein hübsches Gesicht hast. Du hast das ›gewisse Etwas‹.«

»Oh«, machte Cordelia. »Das bedeutet, dass sich eine Frau über solche Worte wahrscheinlich sehr freuen würde?«

»Aber gewiss. Freust du dich etwa nicht?«

»Natürlich. Henry. Du vergisst allerdings, dass ich keine Frau bin.«

»Entschuldige. Wie konnte ich das vergessen, Cordelia. Es ist schwer für einen Menschen, etwas zu sehen – was in Wirklichkeit nicht ist.«

»Es ist, Henry, aber es ist nicht wirklich so, wie du es siehst.«

Flyingstone dachte eine Weile über diese Worte nach und dankte im Stillen für die Geduld des Engels, der neben ihm saß und ihm zuhörte und mit ihm sprach wie jemand, der unendlich viel Zeit für ihn hat ...

Jedoch nicht alles konnte er akzeptieren, was der Engel sagte. Es gab Stichworte, die seinen Widerspruch erregten, Reizworte, die er nicht widerstandslos hinnehmen wollte. Das Thema Freiheit beschäftigte ihn eine Weile, ohne dass er ihm gerecht wurde. Es überforderte ihn, ohne dass er es zugab, er fühlte sich ihm unterlegen, das reizte zum Protest, zur Opposition, bei der er leicht den Boden der Sachlichkeit verlor.

»Ich glaube nicht an die Freiheit«, sagte Flyingstone unvermittelt. »Jedenfalls nicht an die, von der du sprichst.«

Cordelia antwortete nicht, was ihr Schützling als Aufforderung zum Weiterreden interpretierte.

»Wenn ich die Freiheit gehabt hätte, die mir wünschens- und erstrebenswert gewesen wäre, säße ich heute nicht als kleiner Angestellter auf einem Stuhl im Stadtplanungsamt. Vielleicht hätte ich das Zeug zum Ingenieur gehabt, möglicherweise zu mehr. Aber die Zeit war nicht danach. Kriegs- und Nachkriegszeit. Die Entbehrungen ...«

Wieder wartete Flyingstone, dass der Engel etwas sagen würde, jedoch Cordelia schwieg.

»Aber das ist nicht das Schlimmste«, fuhr Flyingstone fort. »Berufliche Enttäuschungen kann man notfalls verschmerzen. Es gibt auch andere. Zum Beispiel: Krankheit. Was kann ich dagegen tun, wenn ich krank bin? Unheilbar krank? Ist das meine freie Entscheidung, krank zu sein?«

»Du bist nicht krank«, sagte der Engel mit Nachdruck.

»Aber ich könnte es sein.«

»Du bist es nicht«, wiederholte der Engel, »und folglich stellt sich diese Frage nicht für dich.«

»Aber für tausend andere!«, rief Flyingstone. »Ich erinnere an die Patienten in dem Krankenhaus, an dem wir vorbeigekommen sind. Was hat das mit Freiheit zu tun?«

»Du kannst keine Fragen im Namen anderer stellen«, sagte der Engel, »sondern nur die, die dich betreffen. Du kannst Anteil an ihrem Schicksal nehmen, ja, das sollst du sogar, denn das legt dir das Gebot der Nächstenliebe nahe – aber du hast kein Recht, ihretwegen mit Gott zu hadern.«

»Und warum nicht?«

»Weil du dir nicht vorstellen kannst, in welcher Form Gott sich den Kranken zuwendet und wie der Kranke für sich in all seinem Leid den Begriff der Freiheit deutet.«

»Aber er ist doch hilflos!«

»Freiheit und Hilflosigkeit haben nichts miteinander zu tun, Henry. Du kannst frei und doch hilflos sein und hilflos und frei.«

»Das soll einer verstehen«, brummte Flyingstone. »Das ist zu hoch für mich. Ich bin nur ein mittlerer Angestellter.«

»Das habe ich nun wiederholt gehört. Du machst es dir zu einfach, mein Lieber. Deine Berufswahl ist deine eigene Entscheidung gewesen, Henry. Du machst vordergründig Kriegs- und Nachkriegszeit dafür verantwortlich, dass du es in deinen Augen nur bis zum mittleren Angestellten gebracht hast. Im Hintergrund jedoch weist du Gott die Schuld zu, oder deinem Schicksal, hinter dem du ja ein höheres, ein lenkendes Wesen vermutest. Gott hat die Umstände nicht geschaffen, Freund, er hat den Krieg nicht gewollt. Schon gar nicht Tod und Untergang, Leid und Verderben. Die Freiheit des Menschen entscheidet über den Krieg, Henry, nichts weiter. Sie ist auch die Chance zum Frieden. Du glaubst nicht an die Freiheit?«

Da Flyingstone schwieg, rückte Cordelia etwas näher an ihn heran, ohne dass sie ihn berührte. »Sieh einmal, Henry, ich denke, dass der Mensch des Weges geführt wird, den er mit ganzer Seele erwählt hat. Denn seine tiefsten Wünsche neigen dazu, ihre Erfüllung gleichsam an sich zu ziehen.«

»Das ist wieder so ein Satz, den man nur bei Kerzenschein und Mozart-Musik ertragen kann; aber heute, in der rauhen Wirklichkeit?« Flyingstones Stimme klang spitz, der Einfluss eines anderen Ich in ihm machte sich breit.

Der Engel überhörte die Anspielung, er blieb von heiterer Gelassenheit. »Ich meine, dass du dir die Erfüllung deiner Wünsche wie ein Lotteriespiel vorstellst. Du hast Glück gehabt wie nach vier, fünf oder gar sechs Richtigen und nun genießt du den Gewinn. So ist das Leben nicht. Es besteht aus einem oft schmerzhaften Prozess von Umwandlungen und Verwandlungen, aber am Ende wirst du erkennen, dass alle Phasen der Freude und des Leids dich mit dir ein wenig ähnlicher gemacht haben; unverblümt mit deinem eigenen Ich, mit dem Kern deines Wesens. Diese Erfahrungen sind gewissermaßen zu einem Stück von dir geworden und leben mit dir – und du findest es in Ordnung.«

Flyingstone nahm einen Schluck Kaffee. »Ich glaube nicht, dass ich mir eine Krankheit wählen würde.«

»Das tut kein Mensch, Henry«, entgegnete der Engel, »es sei denn, er ist ein Heiliger und nimmt freiwillig eine Last auf sich, etwa um die Schuld eines anderen zu sühnen oder Gott wegen irgendeiner Geschichte zu versöhnen. Aber Krankheit, Henry, ist nicht unbedingt Strafe. Sie ist Prüfung, Bewährung, Chance zur Umkehr, zur Vollendung. Sie zeigt dem Menschen auch, dass möglicherweise etwas mit ihm nicht stimmt, nicht nur im organischen, vielleicht auch im seelischen Bereich. Niemand wünscht sich Krankheit, Henry, ich wiederhole es, er wünscht sich jede Harmonie und Ausgleich, Frieden und Übereinstimmung mit einer ersehnten und gewählten höheren Ordnung. Ich weiß, du würdest nicht sagen, dass diese Ordnung von Gott kommt, noch nicht und nicht ohne weiteres würdest du das zugeben und mir gestehen; aber es gibt sie, diese Sehnsucht nach Ordnung – und manchmal ist auch Krankheit ein reinigendes Zeichen dafür, ein verborgener Weg dorthin.«

Flyingstone stellte die Tasse, die er vor lauter Anspannung in der Hand gehalten hatte, auf den Tisch zurück. »Ich bin nicht deiner Ansicht, dass jeder Mensch erkennt, was du gesagt hast von der Krankheit und dem Geführtsein auf dem Weg, den man sich gewählt hat. Allerdings, ich gebe es zu, habe ich bisher nicht weiter darüber nachgedacht, und ich kann mir immer noch nicht vorstellen, dass es so sein soll, wie du sagst.«

Cordelia schüttelte den Kopf. »Nichts ist schwerer, als seinen wahren Willen zu tun. Es gibt einen Willen, der viele Wünsche gebiert, das weißt du. Eure Gesellschaft suggeriert sie euch tagtäglich. Alle möglichen Dinge werden angepriesen, angeboten als unerlässlicher Bestandteil des Lebens. Diese Wünsche meine ich nicht, sondern ich denke an die Bedürfnisse der Seele, des Herzens, an das, was der Mensch wirklich braucht. Diesen wahren Willen zu erkennen, ist sehr schwer. Oft halten sich die Menschen an Vermutungen, an Ahnungen, ihr Bewusstsein ist noch schwach. Aber wenn Wünsche aus dem eigenen Wesen geboren werden, dann ist mir um die Erfüllung nach der Ordnung Gottes nicht mehr bang.«

Die Gäste des Lokals hatten längst ihre Unterhaltung unterbrochen, sie starrten zu Flyingstone hinüber, aber er beachtete sie nicht. Auch dass der Cafehausbesitzer und die Bedienung aus ihrer Ecke unauffällig zu ihm herüberblickten, entging ihm. Flyingstone saß grüblerisch auf seinem Platz und versuchte, den Gedankengängen des Engels zu folgen, ohne dass er alles verstand. Für einen unbeteiligten Zuschauer mochte er Selbstgespräche führen, denn die Gegenwart des Engels und seine Worte nahmen sie nicht wahr.

»Ich könnte mir vorstellen«, so nahm Flyingstone die Unterhaltung wieder auf, »dass dieses Hinhören auf sich selbst, auf den wahren Willen, wie du es nennst, viel Zeit und höchste Konzentration erfordert.«

»Und unbedingte Wahrhaftigkeit«, ergänzte Cordelia.

»Wie soll ich das je begreifen?«, sagte Flyingstone mehr zu sich selbst und rieb sich das Kinn, »der Mensch wird des Weges geführt, den er wählt? Ich bin kein Mönch, der radikal seiner religiösen Berufung folgt und dem die Umwelt oder der Himmel hilft, so zu leben, wie er für richtig erkennt, sondern ich bin ein Zahnrädchen im Planungsamt. In meinem Büro spricht man nicht von Gott und von so philosophischen Dingen wie du. Ach, musstest du denn ausgerechnet mich für deine Experimente auswählen?«

»Ich experimentiere nicht«, sagte der Engel. »Ich mache dich nur nachdenklich, Henry, indem ich dich auf etwas verweise, ich gebe nur ein paar Tipps. Aber du bist selbstverständlich frei in deinen Entscheidungen – das betone ich immer wieder.«

»Und du?«, fragte Flyingstone. »Bist du auch frei?«

»Ich bin die Verwirklichung eines Gedankens Gottes«, sagte Cordelia. »Vielleicht eines kleinen«, fügte sie leise hinzu. »Es gibt keine größere Freiheit, als durch Gott und in ihm zu leben.«

»Solche Gedanken sind mir fremd – wie du«, seufzte Flyingstone und verlangte die Rechnung.

11

Clementine benötigte einen neuen Mantel, aber gegen jede Gewohnheit begleitete Henry Flyingstone sie nicht in die Stadt.

»Hat dir der Engel etwa verboten, mit mir zu gehen?«, erkundigte sich Clementine, bevor sie das Haus verließ. »Früher hat es dir Freude gemacht, die neueste Konfektion anzuschauen, abgesehen davon, dass du mich immer gut beraten hast. Weiß Gott, was einem die Verkäuferinnen aufschwatzen, wenn man sich bei der Anprobe nicht hinten sehen kann. Dein Geschmack jedoch hat sich offensichtlich gewandelt.«

Flyingstone registrierte den wunden Ton in Clementines Stimme, der nach Vorwurf, nach fortwährender Unzufriedenheit klang. Was sollte er seiner Frau antworten? Er beschäftigte sich seit Wochen nicht mehr vordergründig mit Dingen, die ihn früher interessiert hatten, sondern er versuchte im Stillen, seinem Leben eine andere Richtung zu geben. Äußerlich fiel das nicht sonderlich auf. Eine gewisse Trägheit hatte schon immer Flyingstones Leben bestimmt. Er tat sich schwer, Gewohnheiten aufzugeben, einen eingespielten Rhythmus zu ändern. Flyingstone war ein Mann der Ruhe, der Bequemlichkeit, der behagliche Stunden vor dem Fernsehapparat liebte, einen guten Tropfen nicht verachtete und neben seiner Zeitung selten ein Buch las.

Nun aber war eine gewisse Unruhe in sein Leben gekommen. Flyingstone dachte nach, und Nachdenken ist für jemanden, der zwar nicht gedankenlos, jedoch innerlich ohne starke Berührung und Anspannung in den Tag gelebt hat, eine Kraftprobe. Flyingstone sah seine Frau an wie ein waidwund geschossenes Wild. Was soll ich auf diese Vorwürfe antworten – bedeutete dieser Blick. Du weißt ja, wie es um mich steht. Also quäle mich nicht weiter. Die Erscheinung, wie du sie nennst, hat mich aus dem gewohnten Konzept gebracht, ich gebe es zu; es ist etwas Ungewöhnliches mit mir passiert, etwas Großartiges und Ungeheuerliches zugleich, aber ich kann mich nicht verständlich machen, weil du nicht begreifst. Du siehst die Oberfläche, die rauhe Schale, siehst die Veränderung an mir aus der Perspektive der Beobachtenden, aber nicht aus der Sicht der Teilhabenden. Auch wenn ich dein Mann bin, oder besser: obwohl wir verheiratet sind, betrachtest du mich, als sei ich ein Stück frisch getünchter Wand. Ich verdecke, ich verberge ja nichts, Clementine. Ich scheine nicht nur so, wenn ich mich anders verhalte als früher, sondern ich bin anders, selbst wenn sich mein Haar nicht grau gefärbt hat und ich keinen Bart trage.

Der Engel hat meine Physiognomie nicht verwandelt, er hat allerdings ein Stück meiner Seele umgedreht. Wie soll ich dir das nur erklären? Weil du nicht siehst, Clementine, kannst du nicht glauben, und weil du nicht Anteil hast an dem, was mir in der Seele widerfährt – und wodurch ich bestraft oder ausgezeichnet werde, so ganz klar ist mir das noch nicht –, erscheint dir mein Wesen so ungewöhnlich, als stände ein fremder Mann vor dir. Ich bin jedoch immer noch Henry, Henry Flyingstone …

Clementine hatte sich verständnisvoll gezeigt, als ihr Mann vom Arzt, von Dr. Klingbell, gekommen war. Die Beschwernisse und Übel, die einen Menschen in Henrys Alter befallen konnten – Hypertonie, Herzrhythmusstörungen, Gallenbeschwerden, Nierensteine –, gehörten in ihre Vorstellungswelt, sie war sozusagen auf sie als mögliche Zwischenfälle vorbereitet, und sogar eine gewisse Art geistiger Störungen, ausgelöst durch Überarbeitung und Nervenschwäche, vermochte sie noch zu überschauen. Dass sich freilich ein ausgewachsener Mann – dazu noch ihr eigener – in kindlicher Einfalt die Erscheinung einer phantastischen Person einredete und mit ihr angeblich hochgeistige Gespräche führte, das überstieg Clementines Fassungsvermögen.

Sie zog sich energisch die Hutkrempe in die Stirn und beobachtete im Spiegel ihr Konterfei. Oder bin ich am Ende eifersüchtig?, durchzuckte es sie. Widersetze ich mich so vehement Henrys konfusem Gebaren, weil er im Grunde doch Recht haben könnte? Weil es diese Erscheinung tatsächlich gibt, Henry sich mit ihr gut versteht, besser als mit mir? Vielleicht ist sie ihm ein ausdauernderer Gesprächspartner, als ich es in all den Jahren unserer Ehe gewesen bin? Möglicherweise habe ich ihm zuwenig zugehört, wenn er etwas sagen wollte, bin ich ihm leichtfertig über den Mund gefahren, habe ihm das Wort abgeschnitten?

Clementine sah ihr Spiegelbild, fand es bleich und auch nicht mehr jung. Was soll Henry an ihm finden?, dachte sie. Es ist nicht mehr attraktiv, nicht mehr anziehend. Andererseits: Sie konnte sich den behäbigen und zur Bequemlichkeit neigenden Henry schlecht als Adonis vorstellen, nicht als feurigen Verehrer einer imaginären Frauensperson, die er in seinen Träumen anbetete und mit der er in ausgewählten Stunden Konversation betrieb. Mein Gott, murmelte Clementine, was weiß ich, was wissen wir schon, was wahr ist und wo sich die Grenzen zwischen Schein und Wirklichkeit überschneiden …?

Clementine zog die Tür hinter sich zu, der Riegel schnappte ins Schloss. Flyingstone blieb allein. Draußen vor dem Fenster stand der Tag und überschüttete die Straße mit dem Licht des Frühherbstes, das um diese Zeit bereits leicht milchig wirkte, weil die Farben ihre Glut verhaucht hatten; nun aber schien die Ferne entrückter und die Welt größer. Regentage verkürzten die Distanz. Dann erhoben sich die Türme der St.Canisius-Kathedrale in greifbarer Nähe, und die Kuppel des örtlichen Parlamentsgebäudes warb mit dem Grün ihres oxydierten Kupferdaches dicht vor den Augen des Betrachters.

Flyingstone spürte die Sonne diesseits des geschlossenen Fensters warm auf seinem Gesicht; die Scheibe stellte für sie kein Hindernis dar, die Wohnung mit ihrer Helle zu überfluten. Wie der Engel, dachte Flyingstone, für ihn gibt es auch keine Grenzen. Er steht plötzlich da, leibhaftig, sicher wie das Amen in der Kirche. Trotz der Gewissheit, dass Cordelia existierte, und überzeugt, dass es einen Schutzengel gab, der kein Trugbild war, fühlte sich Henry bedrückt bei dem Gedanken, dass Clementine ihm immer noch keinen Glauben schenkte, statt dessen Symptome von Schizophrenie oder anderer Geisteskrankheiten bei ihm feststellen wollte und sich ihm gegenüber immer ungehaltener gebärdete.

»Das habe ich nicht gewollt, dass wir uns so auseinanderleben«, sagte Flyingstone halblaut vor sich hin.

»Das sollst du auch nicht«, vernahm er plötzlich eine Stimme hinter sich. Flyingstone fuhr herum und sah den Engel. Er stand in der Wohnzimmertür, schön und jugendlich, er neigte unmerklich den Kopf, als Flyingstone ihn überrascht anstarrte. Eine Strähne ihres schulterlangen blonden Haares fiel in Cordelias Gesicht.

»Dann tu etwas dagegen«, sagte Flyingstone und wunderte sich über den Ton seiner Stimme; sie hatte rauh und heftig geklungen.

»Ist es nicht seltsam, Henry, dass Clementine eifersüchtig auf einen Engel ist? Dabei hat sie doch selbst einen, der sie ständig begleitet. Sag ihr das, vielleicht stimmt sie das versöhnlicher.«

»Da kennst du meine Frau schlecht«, brummte Flyingstone und bot dem Engel einen Platz an. Cordelia setzte sich ohne Umschweife auf die Lehne eines Sessels. Sie vermenschlicht sich immer mehr, dachte Flyingstone. Sie überbrückt die Unterschiede zwischen Himmel und Erde auf ihre Weise und gibt sich unbefangen. Vielleicht ist das ganz gut so.

»Du hättest Clementine nicht allein gehen lassen sollen, Henry. Deine Vorbehalte oder gar Abneigungen gegen weltliche Dinge müssen nicht so weit gehen, dass du deiner Frau den Kauf eines Mantels missgönnst. Sie hat deine Begleitung immer sehr geschätzt.«

Flyingstone setzte sich an den Tisch und trommelte nervös mit den Fingern auf der Decke. »Ich bin in einer zwiespältigen Lage.«

»Ich weiß.« Der Engel nickte. »Wenn du auf dem Weg der Erkenntnis fortschreiten willst, musst du diese Spannung aushalten, selbst wenn sie zuweilen wehtut.«

»Das sind Worte ...«

»Mehr als Worte, Henry. Es ist Erfahrung, Erfahrung wie die Tatsache, dass Menschen, die sich einer großen Anspannung unterwerfen, der sie nicht glauben gewachsen zu sein, oft das Gegenteil dessen tun, was sie zuvor getan haben. Sie übertreiben ihre Anstrengungen, sie wollen mit Gewalt etwas verändern, was so schnell nicht wächst. Aber ich möchte dir nicht vorgreifen. Du musst diese Erfahrung selbst machen.«

»Ich hatte mich auf einen beschaulichen Ruhestand gefreut, Cordelia, und was geschieht jetzt?«

»Du sollst dich auch weiter freuen, Henry, aber was kommt nach dem Ruhestand? Auf was freust du dich dann?«

Eine Weile herrschte Stille im Raum, die nur durch das Ticken der Wanduhr und das gelegentliche Trillern des Kanarienvogels unterbrochen wurde. Flyingstone hatte aufgehört, auf die Tischdecke zu trommeln. Er sah den Engel an, als ob er die Frage nicht verstanden habe.

»Auf was freust du dich dann?«, fragte Cordelia abermals. »Selbst der Ruhestand wird nicht ewig währen.«

Flyingstone räusperte sich. »Ich denke, dass ich …, dass ich in den Himmel komme. Aber es muss nicht gleich sein.«

»So. Es muss nicht gleich sein … Dein Vertrauen in den Himmel scheint nicht groß zu sein, Henry. Wahrscheinlich hast du keine besondere Vorstellung vom Jenseits.«

»Die hat wohl niemand«, antwortete Flyingstone. »Oder jeder hat eine andere. Aber du musst es ja wissen. Du kommst doch von dort. Sag mal, stimmt es, dass ihr dort droben immer ›Halleluja‹ singt?«

Der Engel lachte. »Wer hat dir denn das erzählt, Henry? Natürlich wird Gott gepriesen, auch durch Musik und Gesang. Das ist freilich nur eine Möglichkeit unter vielen, um ihm zu huldigen und zu danken.«

»Wie viele Möglichkeiten gibt es denn?«

Der Engel hob abwehrend die Hände. »Glaubst du wirklich, dass ich das weiß? Und wenn ich es wüsste, meinst du, dass ich es dir verraten dürfte? Wie viele Gedanken, Henry, werden wohl in diesem Augenblick auf der Erde gedacht?«

»Aberbillionen.«

»Ja, und noch mehr. Genauso viele Möglichkeiten gibt es, Gott zu begegnen. Jeder Gedanke hat seinen Ursprung in ihm, sagte ich es nicht? Folglich möchte jeder Gedanke Gott zu Diensten sein als seinem Schöpfer.«

»Es gibt auch böse Gedanken«, bemerkte Flyingstone.

»Nicht von Grund auf, Henry. Erst unter dem Einfluss des Bösen, der in der Welt ist und der die Werte verkehrt, verlieren sie ihre göttliche Herkunft. Es ist so, als wenn man im Dunkeln in der Richtung irrt.«

Als Flyingstone schwieg, fuhr Cordelia fort: »Wer Gott erfährt, wer in ihm lebt, kann gar nicht anders als ihn preisen und ihm lobsingen. Auch du wirst in den Jubel des Alleluja einstimmen«, fügte sie lächelnd hinzu.

Ich hätte Lust auf einen Whiskey, dachte Flyingstone. Er

schielte zum Wandschrank hinüber, wo sich die kleine Bar befand. Er fand es unziemlich, in Gegenwart eines Engels Alkohol zu trinken. »Mir scheint«, sagte er, und seine Stimme klang ein wenig geringschätzig, »es haben sich viele Gedanken im Dunkeln in der Richtung geirrt. Sie sind ziemlich vom Wege abgekommen, findest du nicht? Ich denke an die bösen, dämonischen Gedanken, die Kriege ausbrüten, Waffen erfinden, Menschen vernichten, Konflikte heraufbeschwören, Unheil stiften.«

Der Engel blieb gefasst, als er antwortete: »Es ist nicht zu leugnen, dass der Böse an Macht gewinnt, je oberflächlicher und selbstherrlicher, je flacher und selbstsüchtiger die Menschen leben. Viele können das Wort ›Gottesfurcht‹ nicht einmal mehr buchstabieren. Wenn Gott nicht mehr Autorität ist, wenn die Ausrichtung auf ihn fehlt, hat der Böse leichtes Spiel. Der Mensch aber braucht ein Ziel, auf das hin er lebt.« Und leise fügte der Engel hinzu: »Es gibt schon so viele Katastrophen zu Füßen der selbsterrichteten Altäre – denke ich an die Alkoholkranken, die Drogenabhängigen, die Depressiven aus Lebensüberdruss und empfundener Sinnlosigkeit des Daseins. Ganz zu schweigen von den politisch Verwirrten, den Terroristen und Bombenlegern.«

Flyingstone schüttelte sich, als sei ihm eine plötzliche Kälte über den Rücken gefahren. »Also gibt es den Teufel? Ich dachte immer, er sei eine Erfindung des Mittelalters, um den Menschen Angst zu machen. Ich hörte von einigen Theologen, die …«

»… die nicht viel vom Teufel halten und ihn gern wegdiskutieren, nicht wahr?« Cordelia stand auf und ging oder schwebte ein paar Meter auf und ab. »Die Menschen des Mittelalters liebten und brauchten die Bilder, die Symbole, Henry. Schade, dass ihr heute ohne sie auszukommen meint. Wie viele Männer und Frauen konnten früher nicht schreiben, weil sie nicht zur Schule gegangen waren und keine Möglichkeit der Bildung erhielten. Aber anhand der Darstellungen gewannen sie eine Vorstellung von dem, was böse ist. Und weil das Böse schrecklich beschrieben und abgebildet wurde, hielten sie Abstand, hatten sie Angst vor ihm. Es ist bedauerlich, dass deine Zeit diese Bilder nicht mehr versteht oder sie abtut als etwas Lächerliches, Primitives und Naives, über das man erhaben ist. Betrachte einmal das Portal einer romanischen Kirche, oder gehe durch den Kreuzgang von St. Paul. Die Gesichter und Körper, die dir von den Kapitellen, von den Portalbögen, aus den Tympana entgegenleuchten, sind nicht zufällig an ihrem Platz. Es sind Bilder eines festgefügten Programms. Du hast ein Bilderbuch vor Augen, wenn du so willst. Das schreibunkundige Volk vergangener Jahrhunderte verstand in ihm zu lesen. Es war ihm eine Hilfe auf dem Weg zur Ewigkeit. «

Wieder entstand eine Pause. Flyingstone kämpfte die Versuchung, doch einen Whiskey zu nehmen, nieder. Statt dessen begann er wieder mit den Fingern zu trommeln; als er jedoch merkte, dass seine Nervosität ein störendes und unpassendes Geräusch hervorbrachte, presste er seine Hände ineinander, bis die Knöchel weiß unter der Haut hervortraten. Der Engel stand neben ihm und legte ihm die Rechte auf die Schulter. Flyingstone spürte die Berührung nicht, nur eine durchdringende Wärme wie von einem heißen Windhauch.

»Ich dachte« – Flyingstone griff nach den nächsten Worten – »unsere Psychologen und Soziologen, kurz, unsere modernen, aufklärenden Wissenschaften, hätten mit diesem Unfug ein für allemal ein Ende gemacht. Es gäbe keine Teufel.«

»Keinen mit Fratzengesicht, Pferdefuß und zweigeteiltem Schwanz«, bestätigte Cordelia. »So existierte er in der Vorstellung der Menschen von einst, die das Böse schaurig, abstoßend, bedrohlich darstellen wollten. Aber es gibt auch heute das Böse in der Welt, oder sagen wir: den Stifter allen

Unfriedens, der Missverständnisse, der Zwietracht und Uneinigkeit. Soll ich ihn dir zeigen? Er hat ein recht modernes Aussehen und wird dich nicht erschrecken«, fügte der Engel hinzu, als er Flyingstones ängstlich fragendes Gesicht sah. Cordelia forderte ihren Gesprächspartner auf, sich zu entspannen, die Hände locker auf die Tischplatte zu legen und die Augen zu schließen. Alsdann versetzte sie ihn in einen tiefen Schlaf.

12

Flyingstone hatte sich im Laufe der Zeit daran gewöhnt, dass der Engel bei allen möglichen Anlässen mit ihm in Kontakt trat. Er war in der Wahl der Gelegenheiten nicht anspruchsvoll, suchte auch nicht nur die stillen Stunden für sein Erscheinen aus.

Cordelia konnte plötzlich in Flyingstones Büro auftauchen oder während eines Spaziergangs menschliche Formen annehmen, sie trat überraschend während eines Gottesdienstes nur für Flyingstone sichtbar an seine Seite, vielleicht, um ihre Allgegenwärtigkeit zu demonstrieren, ohne ihn öffentlich in Verlegenheit zu bringen. Dennoch war nicht zu vermeiden, dass neben Clementine auch Flyingstones Umgebung bemerkte, dass ›etwas mit ihm nicht stimmte‹, so verändert kam er ihr vor. Da die Leute dazu neigen, Wandlungen im Wesen eines Mitmenschen zunächst kritisch und argwöhnisch zu betrachten, bevor sie sich endlich von deren Ursache, Wert und Sinn überzeugt haben, so verhielten sie sich auch Flyingstone gegenüber recht zurückhaltend und auf Abstand bedacht.

Tatsächlich blieb es nicht aus, dass Flyingstones Wesen sich allmählich veränderte, dass er auch für seine Umgebung ein stiller, besinnlicher Mensch wurde, obgleich ihn die Neigung zur Trägheit auch jetzt nicht ganz verließ. Mochte sein Körper, hervorgerufen durch die vorwiegend sitzende Lebensweise im Büro, auch weiterhin zur Behäbigkeit neigen, sein Geist war indes wacher, lebendiger, aufgeschlossener für die Gedanken Cordelias, für Überlegungen, die die Welt, in der wir Menschen leben, in einer anderen Sicht erscheinen ließen, in einem Blickwinkel, der sie gleichsam von oben beleuchtete, aus überbrückbarer Distanz und mit der Ausschau auf die Unendlichkeit.

Es war kein leichtes Unterfangen, den Eingebungen des Engels zu folgen, die Träume zu deuten, die er Flyingstone nachts überraschend schickte und die seinen Schutzbefohlenen nachdenklich, aber auch grüblerisch und zuweilen verstört und aufgewühlt zurückließen. Diese Art geistiger Auseinandersetzung traf ja einen in solchen Dingen ungeübten, einen von Haus aus keineswegs religiös ausgerichteten Menschen, der die Hl. Schrift und Gottes Zwiesprache mit den Vätern des Alten Bundes nicht kannte oder sich nur verschwommen bestimmter Begebenheiten erinnerte; der von der Bedeutung und Aufgabe der Engel vor Cordelias Erscheinen nichts gewusst hatte – höchstens, dass sie bei der Geburt Jesu im Stall zu Betlehem gesungen hatten …

Flyingstone fühlte sich zuweilen wie ein unbegabter, sprachenunkundiger Mann, der in einer fremden Sprache reden sollte und mühsam mit ungelenken Worten radebrechte, um sich zu verständigen. Er hatte zwar längst eine Bibel gekauft und begonnen, die Stellen, in denen von Engeln die Rede ist, mit einem feinlinigen Rotstift zu unterstreichen. Er stieß auf

Beispiele und Aussagen, die das Walten der himmlischen Geister auf eine ihn überraschende Weise dokumentierten und die ihre Schutzfunktion und ihren lenkenden Eingriff in die Geschicke des Menschen wunderbar offenkundig und durchschaubarer werden ließen.

Flyingstone reflektierte die Stellen, an denen Gottes Engel den Gang der Geschichte durch ihre Sendung erhellten. Er suchte Parallelen und Ereignisse, verglich und wertete sie und entdeckte als Ausgangsort, als Fundament aller himmlischen Eingriffe den unerschütterlichen Glauben der betroffenen Menschen. Flyingstone stellte fest, dass sie durch ihre totale Ausrichtung auf Gott, durch ihr ehrfürchtiges, bescheidenes Leben, das ganz in seinem Dienst und in seiner Verherrlichung stand, den Segen des Allerhöchsten gleichsam auf sich herabzogen, dass Gott seinen Engel schickte, um den Menschen Wünsche mitzuteilen, Aufgaben zu übertragen, Befehle auszurichten, aber zugleich auch Stärke und Trost zu spenden. Auch er, Flyingstone, hatte den Engel sozusagen an sich gebunden, so wie Cordelia es selbst formuliert hatte, aber es geschah nicht aus reiner Überzeugung, nicht aus festem Glauben, sondern eher aus Neugier. Und so war er, Henry Flyingstone, dem es wider jede Vernunft vergönnt war, seinen Engel zu sehen, weit davon entfernt, ein von Gott ausgezeichneter Mann wie Abraham, Jakob oder Elija zu sein oder wie die drei Getreuen im Feuerofen, denen der Engel zu Hilfe kam, oder Daniel in der Löwengrube, der unter dem Schutz des Engels stand. Es gab herrliche Beispiele des Beistands durch die göttlichen Boten. Aber Flyingstone konnte sich nicht rühmen, durch ähnliche Taten Cordelias Hilfe verdient zu haben.

Am besten gefiel ihm die Geschichte von Tobias und dem Engel. Wiederholt las er die Stelle, an der Tobias sich zur Reise nach Rages in Medien anschickt, um die von seinem Vater Tobit bei Gabael hinterlegten zehn Talente Silber einzufordern. Wie der junge Mann zu seinem Reisebegleiter Raphael wählt, ohne zu wissen, dass er ein Engel Gottes ist. Raphael nennt sich Asarja, das heißt: Gott hilft. Nicht nur die beschwerliche Reise über die von Räubern bedrohten Straßen steht nun unter seinem Schutz; er schöpft aus einem unermesslichen Erfahrungsschatz, weiß Rat in schwierigen Situationen, empfiehlt, sorgt vor, meistert jeden Augenblick in souveräner Ruhe, ganz Freund, auf den man sich verlässt.

Flyingstone entdeckte diese Szene auf einem Gemälde von Andrea Verrocchio, wo der fast noch kindliche Tobias an der Hand des ihn um fast zwei Kopfeslängen überragenden Erzengels Raphael sicher geleitet wird. Tobias trägt den dämonischen Fisch, den er auf Geheiß des Freundes fing – der jedoch auf dem Bildnis recht klein ausfiel.

Als sie am ersten Abend am Fluss Tigris übernachten wollten und Tobias seine Füße im Wasser badete, schnellte ein großer Fisch hervor und schnappte zu. Der verängstigte junge Mann schrie nach seinem Gefährten, doch Raphael sagte ruhig: »Ergreife den Fisch und lass ihn nicht los!« Es gelang Tobias, das Tier an Land zu werfen. Dann sprach der Engel zu ihm: »Zerschneide den Fisch, nimm Herz, Leber und Galle und bewahre sie sorgfältig auf. Die Eingeweide aber wirf weg. Denn Herz, Leber und Galle sind nützliche Arznei.«

Im Buch Tobit wird weiter berichtet, wie mit Hilfe dieser Organe der böse Geist Asmodi verjagt und von Raphael überwältigt wird:

Als die beiden Wanderer ins medische Ekbatana kommen, bleiben sie im Hause Raguels und seiner Frau Edna. Sie haben nur ein Kind, Sara, über der ein unheimlicher Fluch lastet. Siebenmal war sie einem Mann versprochen, aber die Bewerber starben noch in der Hochzeitsnacht durch die Macht eines Dämons. Der Engel hat Tobias geraten, Sara zur Frau zu nehmen, doch der junge Mann ist von diesem Vorschlag nicht begeistert. »Bruder Asarja, ich habe mir sagen lassen, dass sie schon siebenmal zur Ehe gegeben wurde; jedesmal aber ist ihr Mann im Brautgemach gestorben … So habe ich nun etwas Angst bekommen ... Ich bin der einzige Sohn meines Vaters und möchte nicht sterben, denn ich will nicht meinen Vater und meine Mutter aus Gram um mich ins Grab bringen. Sie haben keinen anderen Sohn, der sie begraben könnte.«

Der Engel aber zerstreut die Bedenken: »Nun höre auf mich, Bruder! Sie wird deine Frau werden. Um den Dämon mache dir keine Sorge! … Wenn du das Brautgemach betrittst, nimm die Leber und das Herz des Fisches und lege etwas davon auf die Räucherkohlen. Der Rauch wird sich verbreiten, der Dämon wird ihn riechen und fliehen, und es besteht keine Gefahr, dass man ihn je wieder bei dem jungen Mädchen antrifft …«

Flyingstone empfand jene Bibelstelle besonders beglückend, fast märchenhaft, wo berichtet wird, dass Tobias Sara schon allein durch die Erzählung des Engels liebgewann: »Da liebte er sie so sehr, dass er sein Herz nicht mehr von ihr abwenden konnte.«

Der Bote des Himmels macht sich während der vierzehntägigen Hochzeitsvorbereitung auf Wunsch des Tobias nach Rages auf, um Gabael die Empfangsbestätigung für das Geld vorzuweisen und den Verwandten zugleich zur Hochzeit einzuladen. Raphael erhält die hinterlassene Barschaft und kehrt zu Tobias zurück, und gemeinsam brechen sie in Begleitung Saras nach Ninive auf, zum Hause Tobits. Dort streicht Tobias auf Geheiß des Engels die Fischgalle auf die Augen des alten Vaters, lässt die Arznei einige Zeit wirken und entfernt schließlich mit jeder Hand ein Häutchen aus den Augenwinkeln. Da fällt ihm der Vater um den Hals. Weinend ruft er: »Ich sehe dich, mein Sohn, Licht meiner Augen!«

Belohnung und Dank nimmt der Engel nicht an. Er gibt sich schließlich als Gottes Gesandter zu erkennen. »Ich bin Raphael, einer von den sieben Engeln, die allezeit bereitstehen, vor die Herrlichkeit des Herrn hinzutreten.«

So schließt sich ein Kreis, der unter dem Schutz Gottes stand und dessen Stationen ja mehr bedeuten als den Ablauf einer schönen Geschichte mit einem Happy-End.

Tobit, Sohn des Tobiel, gehörte zu jenen Juden, die im 8. Jahrhundert v. Chr. nach der Zerstörung des Reiches Israel und seiner Hauptstadt Samaria in assyrische Gefangenschaft gerieten und die Heimat Tibe in Obergaliläa verlassen mussten. Seine Gottesliebe und Gesetzestreue wurden auf übernatürliche Weise ausgezeichnet …

Wie könnte ich meine Verhaltensweisen mit den Taten Tobits vergleichen, fragte sich Flyingstone. Er las: »Ich ganz allein wallfahrtete oft an den Festtagen nach Jerusalem, wie es ganz Israel durch ein ewiges Gesetz vorgeschrieben ist, mit den Erstlingen der Früchte und der Tiere, dem Zehnten des Viehs und der ersten Schafschur. Ich übergab sie den Priestern, den Söhnen Aarons, für den Opferaltar. Den Zehnten von Wein und Korn, von Oliven, Granatäpfeln und anderen Früchten gab ich den Söhnen Levis, die in Jerusalem Dienst taten. Den zweiten Zehnten verkaufte ich sechs Jahre hintereinander, ging hin und verbrauchte ihn in Jerusalem. Den dritten gab ich den Waisen, Witwen und Fremdlingen, die mit den Israeliten leben; ihnen schenkte ich ihn alle drei Jahre ...«

Ich gebe weder Almosen – jedenfalls keine nennenswerten, überlegte Flyingstone, noch tue ich gute Werke. Mein Gotteslob ist zeitlebens recht dürftig gewesen, sodass der Herr des Himmels und der Erde sich meiner spärlichen Worte kaum erinnern wird. Tobit indes ist durch Armut und Krankheit, durch Bitternis und Hilflosigkeit versucht worden und ist seinem Gott treu geblieben. Er hat nie gezweifelt, sondern vertraut, nie gehadert, sondern ist unbeirrbar seinen Weg gegangen. Wie schön, sein Leben nach allen Anfechtungen in Harmonie enden zu sehen, durch die Anwesenheit eines Engels Gottes Anerkennung und Auszeichnung erfahren zu haben.

Flyingstone schauderte, weil er sich nicht mit Tobit noch mit einem anderen der alten Väter vergleichen konnte und dennoch ebenfalls die Existenz des Engels erfuhr, der sein Leben zu beeinflussen gedachte. Statt jedoch wie Tobias gutgläubig den Weisungen des himmlischen Boten zu folgen, sträubte er sich zweifelnd, widersetzte er sich aus Vernunftgründen, sah er keinen direkten Zusammenhang zwischen seinem Dasein und einer fortdauernden überirdischen Lebensform. Aber konnte er, Flyingstone, seinen Widerstand noch lange aufrechterhalten? Was waren das überhaupt für Gedanken, die ihn der zunehmenden Erkenntnis von einer höheren Welt wieder entfremdeten? Er war doch schon weiter gewesen, fortgeschritten auf dem ihm vom Engel gewiesenen Weg – und jetzt fiel er die Stufen der Leiter zurück an den Ausgangspunkt seines Aufstiegs aus dem lähmenden Alltag … War der Widersacher, der Böse, der Zweifler wieder am Werk?

Warum war der Mensch voller Widerspruch?

Warum zerstörte er das mühevoll errichtete Gebäude seines Glaubens?

Warum riss er nieder, was er sich in langen Stunden des Grübelns, des Forschens und Suchens aufgebaut hatte?

Was hatte Flyingstone falsch gemacht? Was war ihm misslungen, missraten, was ihm aus den Händen entglitten, das er einst als Geschenk erhalten und nicht verwahrt, als Gabe empfangen und nicht gewürdigt, als Kind mit Selbstverständlichkeit hingenommen hatte und nun mit Fragwürdigkeit bedachte? Als Kind – ja, da lösten sich Probleme dieser Art wie von selbst. Da gab es keine Zweifel, kein taktisches Abwägen, keine Skrupel und Fragezeichen. Wer sich ehrlich und unbefangen betrachten wollte, konnte es nur in der Rolle des Kindes tun. Dem Kind öffnete sich der Himmel wie die Wohnzimmertür, wenn seine Seele nur weit und aufnahmebereit war. Das Gebet der Kinder – so hatte man Flyingstone einst gelehrt – dringt durch die Wolken. Er entsann sich einer bemerkenswerten Stelle in einem Buch, die er lange nicht hatte vergessen können und die ihm jetzt wieder einfiel und ihren Sinn erschloss: Das Kind sieht mehr. Es steht noch im Glanz seines Engels, der Gott schaut.

Doch Flyingstone war kein Kind mehr. Das war auch so eine Redensart, der er sich plötzlich entsann: Du bist kein Kind mehr! – so hatte die Mutter ihn kopfschüttelnd mit sanftem Vorwurf angesprochen, wenn er seine Tränen nicht zurückhalten konnte, jener sichtbare Ausdruck des Schmerzes. Nun schloss sich ein Ventil, staute den anschwellenden Druck der quälenden Empfindungen, statt ihm Raum und Entspannung zu gewähren – der Eintritt in eine neue Lebensphase des Menschseins musste offensichtlich mit dem weiteren Verlust der Kindheit bezahlt werden.

Dabei hieß es in der Hl. Schrift: Wenn ihr nicht werdet wie die Kinder … Ganz gewiss war es das kindliche Vertrauen, das Tobit und Tobias von ihm, Henry Flyingstone, unterschied, das von keinen Zweifeln an Gottes Führung getrübte Verhältnis zum Leben, das die beiden ihm voraus hatten. Aber da er ein rational denkender Mensch geworden war und gelernt hatte, sachlich zu bleiben, Gefühle zu unterdrücken, stand er jetzt in der Welt wie mit zwei linken Beinen, die nicht wussten, wohin.

Ja, mit dem Übergang vom Kindesalter ins jugendliche und erwachsene Dasein versiegten nicht nur die Tränen, es verdorrte auch der Zweig, an dem der Glaube hätte wachsen sollen zu einer reifen, das ganze Leben nährenden Frucht.

Nein, eigentlich konnte der erwachsene Henry Flyingstone nicht mehr mitreden, trotz der zeitweisen Präsenz Cordelias. Im Grunde blieb sie ein verstandesmäßig unerklärbares Phänomen, das freilich in dieser sensationssüchtigen Welt für magischen Wirbel sorgen würde – falls er die Unvorsichtigkeit begänge, in der Öffentlichkeit mehr über die Erscheinung zu sagen, als ohnehin gerüchtweise schon durchgesickert war. Der Anteil der Welt an dem Engel bestand darin, ihn der Lächerlichkeit preiszugeben und mit ihm auch ihn, Flyingstone, in den Schmutz der Straße zu ziehen. Flyingstone verspürte den Wunsch, mit Clementine zu reden, ihr einzuhämmern, ja nie ein Sterbenswörtchen in ihrem Bridgeclub oder in den Versammlungen des Hausfrauenbundes verlauten zu lassen und ihrem Mann den Traum nicht zu zerstören, doch zugleich entmutigte ihn die Lage: Clementine war von der Inkarnation eines göttlichen Wesens nicht überzeugt, und somit schien ihr auch Cordelia nicht schutzbedürftig.

Was war zu tun? Sollte er Clementine die Bibel in den Schoß legen, sie auffordern, jenen Teil des Alten Testamentes zu lesen, der von Engeln redete wie von natürlichen Begleitern und von Gott den Menschen zur Seite gestellten Freunden?

Flyingstone horchte, hin und her gerissen zwischen Glauben und Unglauben, wie so oft in diesen Tagen auf die innere Stimme, jedoch sie verhielt sich still. Gab es einen Ort, einen Augenblick in den Beziehungen zwischen Himmel und Erde, wo auch der Engel schwieg …?

13

Der Herbst verblutete in den Gärten, die Bäume lichteten ihre Kronen, und die Blätter sammelten sich auf den Parkwegen zu bunten, leuchtenden Teppichen, über die die Schritte der Spaziergänger raschelnd hinwegglitten. Flyingstone war auf Clementines Geheiß noch einmal bei Dr. Klingbell gewesen, jedoch mehr um sie zu beruhigen als aus eigenem Antrieb. Es gab auch jetzt keine Anhaltspunkte für eine Krankheit, auch das Enzephalogramm, das Flyingstones Gehirnströme maß, zeigte keine Anzeichen für einen geistigen Defekt. Organisch wies nichts auf Veränderungen hin, und doch gab es sie, wenn auch auf mit technischem Gerät nicht messbare Weise. Äußerlich ließ Henry Flyingstone sich nicht anmerken, welcher Wandel sich in seinem Innern vollzog. Er ging wie gewohnt seiner Tätigkeit nach und wollte von ein paar Urlaubstagen wegen Überarbeitung nichts mehr wissen.

Dr. Klingbell hatte ihn darin unterstützt, nachdem er zuvor anderer Meinung gewesen war. Wenn der Patient in seinem Wesen schon eine Änderung verspürte, so seine medizinische Erkenntnis, sollte er durch äußeren Wechsel des Lebens nicht zusätzliche Komplikationen heraufbeschwören.

Bei ihrem nächsten Zusammentreffen war Cordelia auffällig still.

Der Engel erschrak, als Flyingstone ihm das sagte, als fühlte er sich bei etwas Unerlaubtem ertappt. Flyingstone registrierte unmerklich lächelnd, wie das himmlische Wesen immer stärker die Gewohnheiten der Menschen annahm.

»Entschuldige«, erwiderte Cordelia. »Ich habe an Contenta, einen Mitengel, denken müssen. Er war heute so traurig, als ich ihn traf.«

»Traurig? Ich dachte, im Himmel gäbe es nur Freude?«, wunderte sich Flyingstone und musterte den Engel, als ob er etwas Neues, etwas Überraschendes an ihm entdeckt hätte.

Cordelia verneinte. »Der Himmel ist groß, Henry, und er besteht nicht allein aus einem riesigen Raum. Es gibt so viele Phasen, Verfassungen, Zustände, Reifegrade – ich kenne eure menschlichen Worte nicht –, die alle Himmel sind. Verstehst du mich?«

»Nein. Ich sehe jedoch, dass du traurig bist.«

»Glaubst du, wir könnten uns darüber freuen, wenn wir es nicht geschafft haben?«

»Was?«

»Nun, wenn wir es nicht geschafft haben, die uns anvertrauten Menschen vor etwas Bösem zu bewahren.«

»Was habe ich Böses getan, Cordelia?«, fragte Flyingstone schnell.

»Es geht nicht um dich, Henry, es betrifft den Schützling Contentas.«

Flyingstone schluckte, als müsse er sich die letzten Sätze Silbe für Silbe einverleiben. »Daran habe ich bisher nicht gedacht, dass ihr auch eure Erfolgserlebnisse braucht.«

»Wir drücken es nicht so umständlich aus, Henry, aber im Wesentlichen hast du Recht. In diesem Falle war Contentas Bemühen ohne Erfolg.«

»Wie das?«

»Ich darf dir natürlich keine Einzelheiten mitteilen, mein Freund. Nur soviel: Contentas Schutzbefohlener ist heute gestorben. Sein Leben war nicht so, dass man es als gut oder erfüllt bezeichnen könnte. Darüber ist der Schutzengel sehr traurig.«

Flyingstone sah dem letzten Buchenblatt nach, das aus den Ästen über ihm auf den Parkweg taumelte. Mit einemmal erkannte er, dass auch der Himmel seine Trauer hatte. »Was wird nun geschehen?«, fragte er dumpf. »Trägt der Engel eine Schuld? Zieht Gott ihn zur Rechenschaft?« Und als Cordelia schwieg, erkundigte sich Flyingstone: »Wird der Verstorbene gerettet werden?«

»Das sind vier Fragen auf einmal, Henry. Meine wichtigste Antwort: Gott ist die Liebe, das merke dir als oberste Richtschnur deines Lebens. Du weißt noch nicht, was Liebe alles vermag.«

»Das mag schon sein«, sagte Flyingstone. »Aber Schuld ist Schuld, Cordelia, jedenfalls nach unseren Gesetzen. Und niemand kann mit einer Handbewegung oder einem schönen Lächeln etwas vom Tisch fegen, was nun einmal da ist.«

»Gott kann es, er kann alles«, lächelte Cordelia. »Er braucht nicht einmal einen Gedanken dazu. Wer sieht denn tiefer in eines Menschen Herz als er, kennt besser Ursachen, Beweggründe, Zwänge, Triebe und Leidenschaften, die einen Menschen zu dem gemacht haben, was er ist? Was weiß der Mensch von der Gnade, Henry, von der Amnestie, unter die so vieles fällt, was du nicht erahnst. Mir genügt, dass Gott die Liebe ist. Mehr muss ich nicht wissen.«

Flyingstone antwortete nicht, sein Kopf dröhnte unter dem Andrang der Gedanken. Wir Menschen haben beschränkte Vorstellungen, dachte er, und Cordelia nickte.

»Entschuldige«, bat Cordelia, »ich denke nicht rational, gehe nicht Schritt für Schritt wie du. Das ist die Gnade, die wir euch Erdenkindern wohl voraus haben: wir überblicken das Ganze, etwa die Tat und ihre Folgen, den Schmerz der Reue und die Last der Sühne, die Tilgung der Schuld und ihr völliges Erlöschen. Gott vergisst, Henry, wenn ich mich verständlich machen kann. Er will nicht nur verzeihen, in seiner unendlichen Großmut will er auch vergessen.«

»Warum machst du dir dann Sorgen, und weshalb ist Contenta traurig – wenn am Ende doch alle Schuld und Sünde und ein unerfülltes Leben in Gottes verzeihende Liebe münden?«

»Wir wissen nicht, wie Gott was tun wird, Henry. Niemals. Seine Liebe ist wie ein Ozean, groß und tief. Darin haben viele Lebewesen Platz. Nicht alle leben auf dem Grund des Meeres, in ungeheurer Tiefe. Aber die unten sind, wissen nichts vom

Zwielicht in den höheren Schichten und vom Brechen der Sonnenstrahlen auf der Wasseroberfläche. Die oben leben, können unten nicht existieren und umgekehrt. So ist es mit Gottes Liebe. Sie ist unendlich vielfältig, und sie hat Raum für jeden Menschen, je nach seinen Verdiensten.«

Flyingstone gab sich mit dieser Antwort nicht zufrieden. Sie war ihm zu allgemein, zu unverbindlich. Er hätte Cordelia – jedoch im Grunde Gott – gern festgenagelt auf ein paar kernige Aussagen. Auf Vertragsformulierungen. Wenn du dies tust, geschieht das. Und wenn du das unterlässt, wird es dir so ergehen. Die ganze Welt war organisiert nach Gesetzen, Vorschriften, Verfügungen. Sie brauchte eine Ordnung, so wie das Millimeterpapier, auf dem er, Henry Flyingstone, seine Pläne und Projekte entwarf, eine Grundordnung darstellte. Jeder konnte sich nach seinen Maßen richten; in allen Planungsämtern der Welt bestand diese Grundvoraussetzung zur Verständigung, für gemeinsames Handeln, für Kommunikation. Ohne dieses Maßpapier – dachte Flyingstone – baute man an der Welt vergebens. Das hörte sich zwar überheblich und etwas übertrieben an, aber im Kern, im Kern beruhte dieser Gedanke auf Wahrheit. Wenn die Erde diese Ordnung hat, wenn der Mensch sie akzeptiert – und sei es auch nur widerwillig und in Ermangelung einer anderen Richtschnur –, so müsste auch eine Ordnung im Himmel sein – denn es konnte dort nicht drunter und drüber gehen …

»Auch der Himmel hat seine Ordnung«, nahm Cordelia Henrys Gedanken auf. »Bedenke, dass die Ordnung der Welt ein Abglanz der himmlischen Ordnung ist. Einen Schimmer des göttlichen Heilsplans habt ihr Menschen euch bewahrt – nach dem Sündenfall. Stell dir ein Museum vor, in dem die Lebensart ausgestorbener Lebewesen gezeigt wird. Man gewinnt anhand der Exponate, anhand der Relikte und Erinnerungen eine Vorstellung, wie dieses Leben einst ausgesehen haben mag. Die Grundordnung ist erhalten geblieben in Überlieferungen. Und darauf haben Generationen ihre Existenz aufgebaut, ihre Gesetze gemacht, das Zusammenleben geregelt. Was glaubst du, wo die Erde sonst wäre? Sie wäre längst im Chaos versunken.«

»Wir sind ja auf dem besten Wege dazu, sie unter unseren eigenen Füßen zu vernichten. Ich bin kein Fanatiker des Umweltschutzes, betreibe auch keine Verteufelung der Atomkraft, aber ich erlebe täglich einen Teil des Chaos, von dem du, Cordelia, gesprochen hast.«

»Weil ihr Menschen gleichgültig geworden seid gegenüber Gott und ihm die Treue aufgekündigt habt«, sagte der Engel. »Das ist so bei Menschen, die meinen, alles zu besitzen. Sie werden überheblich. Sie vernachlässigen den Grund, auf dem sie stehen, aus dem ihre Seele lebt, verstehst du mich? Bin ich nicht gerade deshalb zu dir gekommen, weil ich an dir, meinem Schutzbefohlenen, erfuhr, wie du dem Augenblick und nicht der Dauer verhaftet warst? Deine Seele möchte fliegen, Henry, aber du hast sie beladen mit einer Menge unnützer Dinge. Sie beschweren die Flügel, sodass sie sich nicht erheben kann.«

»Wenn es so ist, wie du sagst, Cordelia, warum schlägt Gott nicht zurück?«

Flyingstone blickte den Engel herausfordernd an.

»Was läge näher, als sich Genugtuung zu verschaffen, indem er das Gesetz sprechen lässt, sein göttliches Gesetz der Gerechtigkeit oder der Bestrafung und Vergeltung? Er kann die Menschheit leicht in die Knie und auf den rechten Weg zwingen.«

»Das ist nicht Gottes Absicht, Henry. Hast du vergessen, was ich dir von der Liebe erzählt habe? Und von der Freiheit der Entscheidung bis zum Augenblick des Todes?«

»Und die Schuld«, fragte Flyingstone ungläubig und dachte an den Toten, um den Contenta trauerte, »die Schuld des

Menschen kann noch so groß sein, dass er immer noch in den Schutz seiner Liebe kommt?«

Cordelias Augen leuchteten auf, und einen Augenblick schien es Flyingstone, als spiegele sich der Himmel in ihnen in überirdischem Glanz. »Das hast du wunderbar ausgedrückt, Henry«, sagte der Engel, »der Schutz seiner Liebe … Ja, Henry, er liegt um uns wie ein Mantel, der wärmt.«

Sie gingen eine Weile schweigend durch den in der Dämmerung liegenden Park, dessen winterfeste Blumenbeete ins Zwielicht tauchten wie kleine Schiffe in den Nebel. Alles um sie herum geriet ins Schattenhafte, in die Form der Silhouette; die Bäume, die Sträucher, die Gräser, die wenigen Menschen – dunkle Umrisse auf einem großen Bogen Papier. Gott schnitt aus den Konturen vollständige Figuren und hauchte ihnen den Atem des Lebens ein.

»Ich möchte dir ein weiteres Beispiel für Gottes Liebe und Güte nennen«, begann der Engel die Zwiesprache von neuem. »Wenn du es vermagst, versetze dich in die Zeit der großen Wallfahrt nach Compostela. Viele Menschen machten sich im Mittelalter auf, den hl. Jakobus zu ehren. In den Tagen des hl. Bischofs Theodemirus lebte ein Mann in Italien in schwerer Sünde. Weder sein Beichtvater noch der Bischof seiner Heimatstadt getrauten sich, ihm seine Schuld zu vergeben, so groß war sie. Darum überreichte man dem Mann ein Stück Papier, worauf die Sünde verzeichnet stand, und schickte ihn zum Grab des Apostels nach Galicien in der Hoffnung, dass ihm dort geholfen werde. In der Frühe des 25. Juli, dem Fest des hl. Jakobus, legte der Pilger den Zettel, auf den seine Sünde geschrieben war, auf dem Altar des Heiligen nieder, bat Gott um Verzeihung und den Apostel unter Tränen um Vergebung.

Bischof Theodemirus feierte bald darauf das hl. Opfer. Er sah das Papier und fragte, wer es dort niedergelegt habe. Da fiel der Pilger aus Italien auf die Knie, bekannte reumütig seine Schuld und gelobte Besserung. Der Bischof nahm das Blatt in die Hand – und siehe, er fand die Schrift getilgt. Das Papier war so weiß, als sei es nie mit einem einzigen Buchstaben beschrieben worden. Da lobten alle Gott und priesen ihn für seine Güte. Theodemirus aber sagte: ›Wenn Gott dem Mann verziehen hat, wie dürfen wir Menschen noch von seiner Sünde reden?‹ Und er schickte ihn heim nach Italien.«

Flyingstone räusperte sich. Er spürte einen Druck auf der Brust, der sich auch auf seine Stimmbänder legte, und als er zu sprechen begann, klangen seine Worte rauh, fast heiser. »Ich kann nicht sagen, dass ich bisher durch dich ein frommer Mann geworden bin, Cordelia. Jedoch nachdenklich hast du mich gemacht, das ist wahr.«

»Das ist der erste Schritt zum Glauben, Henry. An jedem Tag, an dem dein Glaube wächst, reift auch die Liebe. Liebe gedeiht nur in der Seele. Die Liebe einer liebenden Seele – sagt Augustinus – kann nicht tatenlos bleiben, denn Liebe muss führen. Erkenne nur, wohin sie führt.«

Als Flyingstone aufblickte, war der Engel verschwunden. Der Park drängte sich düster um ihn und zwang ihm seine Einsamkeit auf. Flyingstone schauderte. Er wusste nicht, ob aus Angst vor dem, auf das er sich eingelassen hatte, oder vor Kälte.

14

Clementine Flyingstone hatte ihre innere Ruhe verloren. Während sie sonst die Begabung vieler Frauen teilte, in familiären Krisensituationen ein ausgleichendes Wesen an den Tag zu legen, als Prellbock zu wirken und für gute Stimmung zu sorgen, als Schiedsrichter auf Unbestechlichkeit zu achten oder gelegentlich auch als Blitzableiter zu fungieren, war es jetzt vorbei mit ihrer inneren Selbstsicherheit. Ursache allen Übels war Henry, ihr Mann. Seit er ständig von seinem Schutzengel erzählte, mit dem er sich unterhielt, der ihm riet und den er befragen konnte, schien sie eines Teils ihrer ehelichen Pflichten enthoben zu sein. Nun, Henry war nie ein großer Unterhalter gewesen, er hatte nie viel geredet, sich lieber in die kuschelige Behaglichkeit seines Wohnzimmersessels zurückgezogen, die Zeitung vor den Augen, das Glas Whiskey auf dem Tisch. Er hatte auch nicht oft um ihre Meinung gebeten, außer, er benötigte einen Anzug oder sie planten den Jahresurlaub. Aber auch stumme Gemeinschaft und sprachlose Zuordnung von zwei Menschen ergeben ein Bild der Zusammengehörigkeit; die Jahre führen zu Verwachsungen, und ein trennender Schnitt bleibt nicht ohne Schmerzen.

Clementine schmerzte, dass ihr Platz in Henrys Leben nun ein anderer war, ohne dass sich ihr Mann dessen bewusst wurde – er empfand die gelegentliche Anwesenheit eines Geistwesens nicht als Herausforderung für Clementine, vermochte deren Zweifel indes nicht zu zerstreuen. Nach Clementines Empfinden nahm Henry sie nicht ernst genug, er ging über ihre Einwände zu sorglos hinweg, kümmerte sich zu wenig um sie, ja, ließ sie stundenweise gar links liegen. Clementine gab dem Engel die Schuld – sofern es einer war –, dieser Cordelia, die ihr ihren Mann abspenstig machen wollte – eine Übertreibung, die Clementine in ruhigen Stunden vor sich selbst zurücknahm. Nach außen aber ließ sie diese Behauptung aus taktischen Gründen bestehen.

An Einbildung glaubte sie nun selbst nicht mehr. Diese Cordelia musste existieren, in welcher Form auch immer, das ließ sich nicht leugnen, auch wenn sie, Clementine, den Beweis dafür nicht führen konnte. Henry benahm sich vor der Welt ja nicht unnormal, nicht hektisch, übererregt, nervlich am Ende. Anzeichen von Schizophrenie, von Depressionen, von Verfolgungswahn hätte Dr. Klingbell gewiss diagnostiziert, wenn Vorboten dieser Art vorhanden wären. Henry lebte nicht mehr so oberflächlich, das stimmte, er war nachdenklicher und trotz einer gewissen Wissbegier vielleicht auch ruhiger; diese Eigenschaften mochten freilich unterschwellig auch vor dem ersten Auftritt des Engels vorhanden gewesen und von ihr nicht beachtet worden sein. Henrys seelische Anspannung, hervorgerufen durch die Anwesenheit des Engels, wirkte sich – das musste Clementine einräumen – körperlich nicht krankhaft bei ihm aus.

Mit sich selbst und ihrem Mann unzufrieden, suchte Clementine nach einem unvoreingenommenen Gesprächspartner, mit dem sie ihre Lage offen bereden konnte. In den letzten Tagen war ihr mehrmals der Mädchenname einer früheren Schulfreundin eingefallen, mit der sie über die Zeit im Lyzeum hinaus keine Verbindung gepflegt und die sie auch bald aus den Augen verloren hatte. Clementine wusste nur, dass sie kurz verheiratet gewesen war und ihren Mann auf tragische Weise durch einen Unfall verloren hatte. Clementine brachte in Erfahrung, dass Joan Ferrer nach beruflicher Tätigkeit im Ausland kürzlich in ihre Heimatstadt zurückgekehrt war und nicht weit von Flyingstones Wohnung ein Dachgeschoss angemietet hatte.

Zufall oder Fügung, Clementine dachte über das wundersame Zusammentreffen nicht lange nach, sondern entschloss sich, Joan Ferrer, die mit Hausnamen jetzt Girardot hieß, kurzfristig aufzusuchen.

Joan war einst als Mitschülerin durch ihre kluge Besonnenheit, durch ihr sicheres Urteil aufgefallen. Ihr liebenswürdiger Charme verzauberte die gesamte Klasse. Clementine bewahrte ihr über die Jahre freundschaftliche Gefühle, obgleich sie nicht mehr in Kontakt standen.

Joans Wohnung lag in einem Altbau aus rötlichen, im Laufe der Zeit nachgedunkelten Klinkersteinen. Staubfahnen und Wolken von Ruß und Auspuffgasen hatten das Haus mit einer feinen Patina glänzenden Schmutzes überzogen; es machte einen unansehnlichen Eindruck. Clementine stieg die fünf Treppen bis ins Dachgeschoss hinauf und klingelte. Eine kleine, drahtige Frau in dunklem Kostüm öffnete. Joans Aussehen verriet nicht ihr Alter. Sie war eine gepflegte Erscheinung, die ohne Schminke die Narben der Zeit verwandt. Nur das Haar trägt sie strenger als damals, dachte Clementine beim Anblick der ehemaligen Freundin. Sie erkannten sich sofort; stumm lagen sie sich einen Augenblick in den Armen.

»Schön, dich wiederzusehen, Clementine«, sagte Joan. »Komm herein.«

Der Kaffeetisch breitete auserlesene Köstlichkeiten aus, in der kleinen Küche summte das Teewasser. »Ich habe mich riesig gefreut, als du telefoniertest«, lachte Joan.

»Du hast dich kaum verändert, äußerlich«, erwiderte Clementine.

»Du Schmeichlerin.« Joan schüttelte den Kopf. »Wir sind über die Jahre hinaus, in denen man sich Artigkeiten sagt, Clementine. Die Zeit prägt, und sie hat mich ganz schön gebeutelt.«

Clementine hörte, wie der Kandis knackte, als Joan ihr Tee in die Tasse goss. Ein Aroma von Karamel und Eukalyptus strömte sanft durch den Raum.

»Glaubst du an Engel?«, fragte Clementine unvermittelt nach dem ersten Schluck. Und, als sie in das aufhorchende Gesicht der Schulfreundin sah, fügte sie hinzu: »Ich meine nur so, grundsätzlich. Du bist in der Welt herumgekommen, hast mehr gesehen und erlebt als ich, hast mehr Erfahrung.«

»Ich verrate dir kein Geheimnis, Clementine, wenn ich deine Frage bejahe«, sagte Joan ernst. »Aber du musst nicht denken, ich zöge meine Antworten immer so fertig aus der Schublade. Ich bin sehr kritisch geworden, was meine Umwelt betrifft, noch vorsichtiger in meinem Urteil, als ich es früher schon war. Ich nehme mir viel Zeit für eine Erwiderung. Jedoch in diesem Fall muss ich spontan sagen: ja!«

Clementine senkte den Kopf und rührte nachdenklich den Tee.

»Du fragst gewiss nicht ohne Grund?«, forschte Joan.

»Nein, natürlich nicht. Ich habe ein Problem, Joan, und wenn du gestattest, möchte ich es dir erläutern.«

Clementine begann zu erzählen, als sie Joans aufmunternden Blick sah. Die Freundin unterbrach sie nicht, hörte aufmerksam zu, nickte zuweilen oder zog die Augenbrauen hoch. Ihr Gesicht arbeitete, während Clementine redete und ihre Last grammweise von den Schultern lud und es ihr mit jedem Satz leichter ums Herz wurde. Schließlich schwieg sie nach einem langen Seufzer und sah Joan gespannt an.

»Ich kenne deinen Mann nicht, Clementine«, sagte Joan, während sie Tee nachschenkte. »Deshalb kann ich mir kein Urteil über ihn erlauben. Aber gesetzt den Fall, es trifft haargenau zu, wie du mir berichtet hast, so glaube ich, dass er sich großartig verhält.«

»Er ist kein Gefühlsmensch«, sagte Clementine leise.

»Um so besser für ihn. Andere, leichter gebaute Menschen würde es wahrscheinlich umhauen. Henry hält Distanz, und das ist gut. So behält er auch alles im Griff. Das zeigt eine gesunde Einschätzung der Lage, Clementine. Nichts Hysterisches und Überkandideltes, das ist wichtig. Betrachtet die Erscheinungen – immer vorausgesetzt natürlich, dass sich alles so verhält, wie Henry es wahrnimmt – als persönlich verliehene Gnade.«

»Gnade – und wir! Was haben wir denn Besonderes getan, dass uns der Himmel oder wer auch immer Gnade erweist?«

»Gnade, Clementine, ist etwas Unverdientes, wenn ich so sagen darf. Eine reine Zugabe Gottes. Ihr solltet euch ihrer würdig erweisen – in Demut.«

Clementine schwieg betreten. Es lag so viel Frommes in Joans Worten, so wenig Skepsis. Clementine hatte ein ungläubiges Hinterfragen erwartet, möglicherweise die letzte Bestätigung für einen Irrtum, dem Henry erlegen war. Und andererseits fühlte sich Clementine erleichtert, dass auch Joan die Situation so beurteilte, wie sie sie sich zu Eigen gemacht hatte.

»Woher hast du diese – Sicherheit, Joan?«, fragte sie. »Oder sollte ich besser sagen: Diese an Sicherheit grenzende Wahrscheinlichkeit, dass der Engel uns heimsucht?«

»Das ist ein schönes Wort: heimsuchen, – meinst du nicht auch? O, Clementine, es hat in unserem Sprachgebrauch einen etwas abwertenden Beigeschmack. Es klingt negativ. Man könnte es doch auch so interpretieren: Ein Engel sucht ein Heim, und er hat es bei euch gefunden, weil er seine Gedanken über sein Wollen, seine Aufgaben deinem Mann mitteilen kann. Ich muss dir gestehen: Auch ich hatte einmal ein Engelerlebnis, nicht so wie Henry, viel nüchterner und schlichter, aber das macht ja nichts. Ach, ich bin eine unaufmerksame Gastgeberin. Ich sehe, du hast ausgetrunken. Möchtest du noch eine Tasse Tee?«

Clementine verneinte. »Bitte, erzähle! Du hast auch …?«

»Wohl alle Menschen haben einmal ein solches Erlebnis, Clementine. Es ist eine Frage der Deutung und Einordnung, ob man in ihm die Begegnung mit einem Engel erkennt oder es als Einbildung und Traum beiseite schiebt. Ich habe mich entschlossen, an den Engel zu glauben.«

»Du hast eine merkwürdige Art, dich auszudrücken, Joan«, lächelte Clementine. »Aber sie gefällt mir. Doch bitte, erzähle. Ich bin ziemlich gespannt.«

Joan leerte die Teetasse und stellte sie lautlos auf das Tablett. »Es war während meines Studiums«, begann sie. »Ich befand mich damals in einer Krise. Ich machte an der Uni keine Fortschritte, hatte keine Erfolge. Kurz, ich wusste nicht, was aus mir werden sollte. Meine berufliche Zukunft schien mir verbaut, weil die Examen, die ich ablegen sollte, nicht so gut auszufallen schienen, wie es nötig war. Ich wohnte damals in einer Straße, die abseits vom Stadtzentrum lag. Hier hatte sich eine eigene, mir schien, eine heile Welt erhalten. Die Menschen kannten einander, sie grüßten sich freundlich, redeten, lachten, tauschten sich aus. Die Straße hatte ihre Gebräuche und Geräusche und ihre Ordnung, und ich hätte gern teilgehabt an dieser Ordnung, ich fühlte mich zu ihr hingezogen, aber war doch fremd.

Ich will es kurz machen. Ich fand keinen Zugang, weil ich ihn nicht suchte, weil ich zurückhaltend blieb und mich ab- und aussonderte. Meine Misserfolge waren daran schuld, ich wagte nicht, unter die Menschen zu gehen und mich ihren Fragen zu stellen. Und gleichzeitig verspürte ich ein unsägliches Verlangen, aufgehoben zu sein und angenommen zu werden – und ich wusste doch, dass ich selbst den Schlüssel zu dieser Tür in mir trug.

Der Weg zur Universität führte mich stets an einem Haus vorbei, das mich besonders anzog. Fast möchte ich ihm eine magische Anziehungskraft nachsagen. Es war kein auffälliges Haus, ein Gebäude wie viele in der Stadt, die nach dem Krieg in raschem Wiederaufbau entstanden, ohne Sonderheiten, seine Fassade war lieblos übertüncht – jedoch auf geheimnisvolle Weise wirkte es auf mich. Mit meiner Abreise aus dieser Stadt habe ich dieses Haus dann aus der Erinnerung verloren. Ich lebte anderswo und vergaß es.

Nach etwa einem Jahrzehnt kehrte ich dienstlich in die Stadt zurück. Ich hatte Zeit, bis die erste Besprechung begann, und so beschloss ich, meine alte Straße aufzusuchen. Was war nicht alles anders geworden! Ich sah viele Menschen, Bekannte traf ich nicht. Der Name meiner alten Vermieterin stand noch neben dem Klingelknopf des Hauses, in dem ich gelebt und wohl auch gelitten hatte; vermutlich gehörte die Wohnung inzwischen ihrem Enkel. Ich habe in meinem Herzen Wiedersehen gefeiert mit meiner Straße, habe mich erinnert, manches Erlebnis stand wieder vor mir auf.

Auf diesem Gang kam ich auch zu jenem Haus, dem meine besondere Aufmerksamkeit gegolten hatte. Ich fand es verändert. Man hatte es restauriert. Sein Erker wies Schnitzwerk im Jugendstil auf. Auffällig aber waren der Kopf und die ausgespannten Flügel eines Engels, die aus dem frischen Farbanstrich hervorleuchteten. Ich hatte den Engel nie gesehen. Er war unter dem Verputz verborgen gewesen – aber doch anwesend, mir unsichtbar, aber immer da. Wie Schuppen fiel es mir von den Augen. Dieser Engel hat auf dich herabgeblickt, er, den du nicht wahrnehmen konntest, sah dich. Ja, er hat mehr getan: Er hat dich geleitet! Um den Kopf des Engels war eine Gloriole aus lateinischen Buchstaben gespannt. Mühevoll habe ich sie entziffert: In diesem Wort, in diesem Bild fand ich meine Sehnsucht, meinen Glauben, die Erfahrung meines Lebens in dieser Straße bestätigt, ja, selbst die Ordnung der Welt konnte nicht anders sein als die Ordnung der Straße und dieses Hauses. Und dann las ich den Vers, der mich seither alle Tage meines Lebens begleitet: ›Angelis suis mandavit de te …‹ Er hat dich für alle Zeit seinen Engeln anvertraut …«

Joans Bericht endete in minutenlangem Schweigen. Man hörte nur das gelegentliche Zischen der Kerze, wenn sich das Feuer des Dochtes tiefer ins Wachs fraß. Keine der beiden Frauen mochte die Unterhaltung wieder in Gang bringen. Das Schweigen nach Joans Worten gehörte gleichsam an diese Stelle wie ein Ritual; die Stille wuchs zur Feierlichkeit einer Kathedrale, die von Ehrfurcht durchweht wird.

Es war ein Augenblick, der Clementine verwandelte. Der ihre letzten Zweifel endgültig begrub. Welcher Änderung war der Mensch doch fähig! Von Ablehnung und berechtigter

Skepsis über Unsicherheit und furchtsames Tasten bis hin zur klaren Überzeugung – das war eine Kehrtwendung, ein totaler Richtungswechsel, geometrisch eine eindeutige Sache. Was Clementine am meisten überrascht hatte, war Joans Glaube an die Möglichkeit der Engelerscheinung. Kein strenger Verweis auf Ratio, Wissenschaft, logische Folgerungen, sondern das staunende Ja, das über aller Vernunft schwebt. Die Erfahrung eines von Leid gezeichneten Lebens stand haushoch über der Lehrweisheit der Katheder, über den theoretischen Mutmaßungen und Denkgebäuden.

Clementine stand auf der Straße, erleichtert, innerlich stark, voller Zuversicht. Sie gewann wieder Kraft, Lebenskraft, sie hörte das Blut in den Adern singen, es durchpulste sie, angetrieben von neuem Mut. Ja, sie würde Joans Anregung beherzigen, jene Empfehlung, die sie ihr unter der Tür noch zugeraunt hatte – sich umzuhören, die Ohren gespannt, die Augen wach und auf die Umgebung gerichtet: »Was denkst du, wie viele Menschen täglich, ja, stündlich ihre Erfahrungen mit Engeln machen?« – so hatte sie gesagt. »Wenn sie alle reden würden, die ihre Erlebnisse verschweigen, aus Furcht ausgelacht zu werden, oder aus falscher Scham – was meinst du, was die Welt zu hören bekäme ...«

15

Henry Flyingstone war anders geworden und er lebte anders.

Manchmal ließ ihn Cordelia einfach allein. Dann, wenn er sie brauchte, sie dringend hätte etwas fragen mögen, wenn er in seiner Schwerfälligkeit des Denkens und Handelns nicht weiter wusste. Aber vielleicht, dachte Flyingstone, gehört das zu ihrem Konzept, zu ihrer Absicht, mich selbständig zu machen in meinen Entscheidungen auf Gott hin. Auf Gott? Ja, daran musste etwas Wahres sein. Gott war wie ein Lichtpunkt in der Ferne, und aus allen Richtungen eines Kreises bewegte sich die Menschheit auf ihn zu.

Nun, ich bin kein großer Beter, sinnierte Flyingstone, selbst jetzt nicht, wo ich doch ein wenig genauer weiß, worauf es ankommt. Mir fällt es schwer, mit Gott zu sprechen, Worte zu formulieren. Ich hatte ja schon Schwierigkeiten, als ich an meinem 60. Geburtstag nach der Gratulationscour im Amt ein paar Dankesworte von mir geben musste. Ich habe mich geräuspert und ein paarmal gar gestottert. Und das nun vor Gott …? Aber ich mache heute vieles anders und lieber. Die Veränderungen in mir greifen tiefer als noch vor Wochen. Meine Arbeit bereitet mir unvergleichlich mehr Freude als früher. Weil ich sie irgendwie neu tue. Bewusster – wie der Engel gesagt hat. Ja, meine Arbeit gehört zu diesem Stück bewusster gelebten Lebens. Ich sehe sie nicht nur als Job, als Tauschmöglichkeit Arbeit gegen Geld, um damit neue Geschäfte machen zu können, sondern als ein Stück auf Vollendung der Schöpfung hin, als Antrieb, Gott zu gefallen … War das nicht eine jener anderen Formen des Lebens, die auf die Umgebung ausstrahlten und sie merken ließen, dass in ihm, Henry, eine Veränderung stattgefunden hatte? Was fehlte noch, um eine solche Form ›Bekenntnis‹ zu nennen …? Es ist wohl noch verworren, was ich denke, durchzuckte es Flyingstone. Es wird noch lange dauern, bis ich Ordnung in meine Gefühle und Gedanken bekomme.

Das Telefon schrillte. Flyingstone hob den Hörer ab und nannte seinen Namen. »Ach, du bist es, Margaret«, sagte er. »Wie schön, dass du dich meldest. Ich habe lange nichts von dir gehört.«

Flyingstone lauschte eine Weile in die Muschel. »Wie, Mutter hat … hat dir immer berichtet? Nein, Margaret, ich bin kein alter, sterbender Mann.«

Wieder schob sich ein Stück Stille zwischen zwei Sätze.

»Ach, des Engels wegen! Ich verstehe. Inzwischen ist deine Mutter anderer Meinung, denke ich. Was? Ja, anderer Meinung. Kuriert. Sie zweifelt nicht mehr wie früher. Aber du rufst gewiss nicht wegen dieser Geschichte an, oder?«

Flyingstone lauschte, vernahm, dass Margaret gern ihr viereinhalbjähriges Kind, die Nicole, für ein paar Tage zu den Großeltern bringen möchte, um ein Examen nachholen zu können. Die Zeit der Vorbereitung darauf habe sie ungeheure Kraft und Nerven gekostet. Natürlich, sagte Flyingstone, natürlich könne sie kommen. Schließlich seien die Eltern für ihre Kinder da, selbst wenn diese schon verheiratet seien. Margaret schien aufzubegehren gegen diese alte Vorstellung von Elternpflichten und Verantwortung, brach die aufflammende Diskussion jedoch sofort ab. Flyingstone bat, Grüße auszurichten an Sam, seinen Schwiegersohn, den er nicht sonderlich mochte – mochte? Vor dem Hintergrund der Engelerscheinung hatte sich vieles verändert, und so war es keine Frage, dass Flyingstone auch das Verhältnis zum Mann ihrer beider Tochter revidierte.

Revision – dachte er, Revision ist eigentlich ein passendes Wort. Bestandsaufnahme. Prüfung seiner Einstellung, knallharte Rechenkunst unter dem Schlussstrich. Flyingstone hoffte, eines Tages bestehen zu können – am Ende seiner Zeit.

Nicole hörte gern Märchen. Der Großvater hatte ihr mehrmals einige erzählt. Er entsann sich, dass noch ein Märchenbuch im Keller lag, unter jenem Hausrat, von dem Clementine und er sich nicht einfach trennen mochten. In einer plötzlichen Anwandlung stieg Flyingstone die Kellertreppe hinab und suchte eine Weile, fand es schließlich zwischen Puppe und Teddybär – der Puppe fehlte ein Auge, dem Bär ein Ohr – ein Zeichen, dass ihre Kinder zu ihrer Zeit das Spielzeug heiß geliebt hatten. Flyingstone nahm das Märchenbuch, trug es ins Wohnzimmer und blätterte wahllos darin. Wie mag wohl das letzte aller Märchen lauten, dachte er. Er las: »Der goldene Schlüssel.« Flyingstone kannte es nicht und hatte es auch seiner Enkelin noch nicht erzählt. Es war besonders kurz und es schien auch kein Ende zu haben. Es lautete:

»Zur Winterszeit, als einmal ein tiefer Schnee lag, musste ein armer Junge hinausgehen, um Holz auf einem Schlitten zu holen. Wie er es nun zusammengesucht und aufgeladen hatte, wollte er, weil er so erfroren war, noch nicht nach Hause gehen, sondern erst Feuer anmachen und sich ein bisschen wärmen. Da scharrte er den Schnee weg, und wie er so den Erdboden aufräumte, fand er einen kleinen goldenen Schlüssel. Nun glaubte er, wo der Schlüssel wäre, müsste auch das Schloss dazu sein, grub in der Erde und fand ein eisernes Kästchen. Wenn der Schlüssel nur passt! dachte er, es sind gewiss kostbare Sachen in dem Kästchen. Er suchte, aber es war kein Schlüsselloch da; endlich entdeckte er eins, aber so klein, dass man es kaum sehen konnte. Er probierte, und der Schlüssel passte glücklich. Da drehte er herum, und nun müssen wir warten, bis er vollends aufgeschlossen und den Deckel aufgemacht hat, dann werden wir erfahren, was für wunderbare Sachen in dem Kästchen lagen.«

Flyingstone legte das Buch beiseite. Nicole wird das Märchen noch nicht verstehen, überlegte er. Nein, er würde für sie ein anderes aussuchen und ihr erzählen müssen. Allein der Stoff verließ ihn nicht. Eine unfertige Geschichte, warum? Das war doch beabsichtigt, und gewiss nicht ohne Grund stand sie am Schluss des Buches. Dann dämmerte es ihm: Wir alle sind aufgerufen, sie zu Ende zu bringen, wir, die Leser. Aber wir sollen ihr nicht ein ‚happy end' andichten, sondern – sie bestehen ... Ja, bestehen. Das Abenteuer des Lebens hatte hier ein Bild gefunden: Ausgeschickt zur Schatzsuche, ist ein jeder unterwegs, die Kostbarkeiten des Lebens zu finden. Irgendwo sind sie verborgen da, sind sie vorhanden, gehortet, gespeichert, sie können so gut versteckt sein, dass es kalt und einsam um uns ist wie im Winter und es ungeheure Mühe bereitet, das eiserne Kästchen zu finden. Aber dann kommt es auf den goldenen Schlüssel an, der die Dinge für uns erschließt ...

Flyingstone kannte einen Vers des großen deutschen Dichters Joseph von Eichendorff: »Schläft ein Lied in allen Dingen, die da träumen fort und fort, und die Welt hebt an zu singen, triffst du nur das Zauberwort ...«

Der Schlüssel drehte sich in der Korridortür, Clementine kam nach Hause. Seit sie eine Halbtagsbeschäftigung bei Brown & Selery angenommen hatte, einem Modehaus bester Güte, fühlte sie sich froher, ausgeglichener, weil sie spürte, wie sie gefordert war – und das machte ihr einfach Spaß. Die wiedergewonnene Harmonie ihrer Ehe trug dazu bei. Flyingstone sah es nicht besonders gern, dass seine Frau jobbte. »Du hast es nicht nötig«, pflegte er zu sagen. »Ich verdiene genug.« Er begriff noch nicht, dass es Clementine nicht in erster Linie um den finanziellen Zuerwerb ging, dass sie eine neue Form der Bestätigung suchte und sie jetzt fand, wenn sie Menschen beim Einkauf beriet.

Flyingstone berichtete ihr von Margarets Anruf und ihrem bevorstehenden Besuch. »Es ist schön, dass das Mädchen endlich seinen Abschluss macht«, sagte Clementine. »Du wirst sehen, sie fühlt sich bald von ihrem seelischen Tief befreit – und das tut auch ihrer Ehe gut.«

»Sam ist ein Egoist«, sagte Flyingstone. »Er denkt nur an sich und an seine Karriere.« Doch sogleich tat ihm das Urteil Leid; er entsann sich seines Vorsatzes, auch mit dem Schwiegersohn in Frieden zu leben. »Andererseits kommt es ja auch seiner Familie zugute, wenn er fleißig ist.«

»Er wird sich die Hörner rechtzeitig abstoßen, Henry. Du in seinem Alter ...«

»Ich war, glaube ich, nie so ehrgeizig.«

»Nein, leider. Hätte dir nicht geschadet, Mann. Du wärst möglicherweise eine Sprosse der Berufsleiter weiter hinaufgerutscht.«

Flyingstone wollte etwas erwidern, schluckte die Antwort jedoch hinunter. Die berufliche Entwicklung lag hinter ihm und war durch keine Betrachtung über ›Wenn‹ und ›Aber‹ zu ändern. Er dachte nur an das, was ihm heute begegnete und morgen vielleicht vor ihm lag.

»Du könntest Margaret vorschlagen, Weihnachten hier zu verbringen. Wir waren lange nicht mehr zusammen. Vielleicht gelingt es uns, noch einmal so zu feiern wie früher.«

»Zwar nicht mehr genau so, Henry, aber dein Vorschlag klingt gut. Margaret kann sich nach dem Examen ein paar Tage erholen, wir kümmern uns um Nicole, und vielleicht bessert sich unser Verhältnis zu Sam.«

Clementine eilte in die Diele. »Ach, Henry«, rief sie, während sie die Telefonnummer ihrer Tochter wählte, »nun hätte ich vor Begeisterung fast das kleine Buch von Marc Chagall vergessen. Schau doch bitte in meiner Tasche nach. Ich sah es, als ich in unsere Buchhandlung ging, um einige Spruchkarten zu besorgen. Beim Durchblättern fielen mir ein paar Zeilen auf, und da dachte ich, die werden Henry begeistern. – Hallo, Margaret, Kleines, bist du es?«

Flyingstone zog die Wohnzimmertür ins Schloss. Erfahrungsgemäß dauerten Telefongespräche zwischen Mutter und Tochter ihre Zeit; selbst das Wichtigste war nicht unter vier, fünf Minuten zu sagen. Er nahm das Buch aus Clementines Handtasche und setzte sich auf seinen Stammplatz. Clementines U-Bahn-Ticket markierte die Seiten, auf denen sie den interessanten Textabschnitt gefunden hatte. Er war überschrieben mit »Die Erscheinung«. Flyingstone las, wiederholte die Sätze, las sich fest. »Großartig«, sagte er halblaut, »großartig dieses Erlebnis, eine Empfindung, die ich total begreife und nachfühlen kann.«

Henry Flyingstone konsumierte den Text abermals: »Träume überwältigten mich: Ein leeres, viereckiges Zimmer. In der Ecke ein einziges Bett und ich darauf. Es ist dunkel. Plötzlich öffnet sich die Decke, und ein geflügeltes Wesen steigt herab mit Glanz und Grausen, erfüllt den Raum mit Bewegung und Wolken. Ein Rauschen von schleppenden Flügeln.

Ich denke: ein Engel! Ich kann die Augen nicht öffnen, es ist zu hell, zu leuchtend. Nachdem er alles durchstreift hat, erhebt er sich, verschwindet durch den Spalt in der Decke und nimmt all das Licht und die blaue Luft mit. Es ist wieder dunkel. Ich erwache. Mein Bild ›die Erscheinung‹ beschwört diesen Traum …«

Das muss ich sehen!, fieberte Flyingstone. Das Bild muss ich mir unbedingt anschauen. Zu dumm, dass es nur ein Schwarzweißfoto in dem Buch gibt. Irgendwo wird ein Druck existieren, eine Kopie, ich muss sehen, in welchen Farben Chagall seinen Traum ins Bild gesetzt hat. Wie im Vorteil, wie begnadet ist, wer seine Visionen beschreiben kann! Wer sie bewahrt als etwas Unwiederbringliches, einmalig Geschenktes, wer einen Blick tun durfte durch ein Wolkenloch in die Tiefe des Himmels! Meine Hände sind zu steif, meine Gedanken zu klein, als dass ich das, was ich sehe und erlebe, fassen und festhalten könnte in einem Bild, einem Wort. Die großen Maler, Dichter und Musiker – ja, die können ihre Symphonien schreiben nach einem solchen außerirdischen Erlebnis, ihre Farbkompositionen, ihre Gedichte und Tonwerke. Wie soll ein Mensch wie ich, der künstlerisch unbegabt ist, damit fertig werden?

»Wie sind die Urväter damit fertig geworden?«, hörte Flyingstone Cordelias Stimme.

»Schön, dass du dich mal wieder rührst«, sagte er. »Ich dachte schon, du hättest dich aus dem Staub gemacht.«

»Bin ich nicht immer in deiner Nähe? Auch unsichtbar? O, Henry, kennst du mich immer noch schlecht.«

»Entschuldige, aber ich bin ein wenig ratlos.«

»Ich weiß. Deshalb habe ich mich in deine Gedanken gemischt. Denkst du, Abraham sei ein künstlerischer Mensch gewesen und habe seine Engelerlebnisse in Musik umgesetzt oder in großartige Worte oder in ein Bild? Er hat geglaubt, Henry, das ist die Voraussetzung, dass eine Botschaft Gestalt gewinnt. Paulus nennt Abraham den Vater der Gläubigen, weil er sich bedingungslos Gottes Anruf stellte und der Weisung seiner Engel.«

»Alles schön und gut«, widersprach Flyingstone, und er spürte wieder den Einfluss des störenden, zweifelnden, sich widersetzenden, herausfordernden Gegenparts in sich, den er lange nicht vernommen hatte, »als Auserwählter des Herrn, als Stammvater des Volkes Israel, hätte ich wahrscheinlich genau so gehandelt. Aber wer bin ich denn?«

»Meinst du nicht, dass sich Abraham diese Frage auch gestellt hat?«

Cordelias Stimme klang sanft, aber sie war von solcher Eindringlichkeit, dass sie hätte Felsen erzittern lassen können. »Und wer war Abraham, dem Gott um ein Haar zugemutet hätte, seinen Sohn Isaak zu opfern? Wer war Abrahams Enkel, Jakob? Ein junger Mann, der sich das Erstgeburtsrecht verschafft und den Segen des Vaters erschleicht, der seinen Onkel Laban hereinlegt – und dennoch von Gott erwählt wird. Henry, Gott schreibt gerade auf krummen Zeilen, so sagt ein portugiesisches Sprichwort. Vergiss es nicht! Der Traum von der Himmelsleiter, auf der Engel auf und ab schweben, wird zur

Bestätigung des Bundes Gottes mit den sündigen Menschen. Was fürchtest du?«

Flyingstone schwieg. Er kannte sich in der Bibel nicht so genau aus, als dass er hätte antworten können.

»Kennst du die Geschichte von Elija, dem Trotzkopf, der, völlig entmutigt, sich unter einen Ginsterstrauch verkroch und sich den Tod wünschte? ›Nun ist es genug, Jahwe! Nimm meine Seele hin; ich bin ja nicht besser als meine Väter.‹ Weißt du, dass ihm ein Engel einen gerösteten Fladen und einen Krug Wasser brachte und er in der Kraft dieser Speise 40 Tage und 40 Nächte bis zum Gottesberg Horeb ging? Was also zweifelst du, Henry? Und hat nicht auch Jesaja durch einen Engel alle Kraft, Erkenntnis, Gewalt des Wortes empfangen? Ein Seraph berührte den Mund des Propheten mit einer Kohle – die Glut göttlichen Geistes strömte auf ihn über. Ist es nicht ein herrliches Bild, Henry?«

Cordelia hatte noch mehrere Beispiele für die Berufung von Menschen durch himmlische Gnaden zur Hand, und sie waren keine Könner wie Chagall gewesen, die ihre Erfahrungen in Kunstwerke transponierten, sie hatten angefangen, sie zu leben, beseelt von einem unzweifelhaften Glauben an die Wirklichkeit des Wortes Gottes. Deshalb war Daniel in der Löwengrube nicht zerrissen worden, deshalb vermochten die Flammen den drei Jünglingen im Feuerofen nichts anzutun. Ja, und auch ihnen waren Engel zur Seite gestanden, Boten Gottes, Gesandte des Himmels. ›Mein Gott hat seinen Engel gesandt; dieser verschloss den Rachen der Löwen, sodass sie mir nichts zuleide taten …‹ ›Denn er hat seinen Engel gesandt und seine Diener errettet, weil sie auf ihn vertraut … haben.‹ Und hieß es nicht im Hebräerbrief: ›Sind sie nicht alle dienende Geister, zum Dienste ausgesandt um derer willen, die das Heil ererben sollen …?‹

Da Flyingstone nun schwieg, zog sich Cordelia diskret zurück. Ihre Konturen verblassten vor dem Hintergrund der

Wand, an der Flyingstones Lieblingsbild, ein röhrender Hirsch, hing, ein Ölgemälde des Malers Patchcamp, der mit Vorliebe Tiere während der Brunftzeit malte.

Clementine kam vom Telefon zurück. »Alles klar«, sagte sie. »Margaret möchte über Weihnachten bleiben. In drei Wochen ist ihr Examen. Sie bringt Nicole übernächsten Dienstag her. Dann kann sie sich in Ruhe auf die Prüfung vorbereiten. Und mit Sam will sie reden.«

Henry Flyingstone nickte. Vorbereitung – Examen – Prüfung. Es kam die Zeit, in der auch er examiniert wurde: Wie, Henry Flyingstone, hast du dein Leben zugebracht? Hast du es nach Gottes Geboten ausgerichtet oder bist du leichtfertig und oberflächlich mit der dir geschenkten Zeit umgegangen? Flyingstone seufzte. Die Prüfungsrichtlinien waren hart, er erfuhr es immer wieder. Und zu seiner Schande musste er gestehen, dass er einen Großteil der aufgetragenen Studienzeit zweckentfremdet verbracht und das Soll nicht erfüllt hatte.

16

Es war an einem Freitagnachmittag in der Adventszeit, kurz vor 17 Uhr. Die Hektik der Einkaufsstraßen steuerte ihrem Siedepunkt zu. Die Büros entließen die Angestellten in die nebelige Kühle der ersten Dezembertage, die großen Warenhäuser sogen Menschenmassen an und spien sie mit Plastiktüten bewehrt wieder aus. Flyingstone war auf dem Weg zur Bank, um einen Teil des Gehaltes abzuheben, das Clementine dank bewährter

Umverteilung in Haushaltsgeld verwandelte, von dem er wiederum ein Minimum für seine persönlichen Bedürfnisse zudiktiert bekam. Früher hatte sich Flyingstone über die als Unrecht empfundene Maßnahme aufgeregt, es hatte heiße Dispute gegeben – ein so mageres Taschengeld mute man nicht einmal den Auszubildenden zu, die weiß Gott viel weniger verdienten als er – jetzt aber waren ihm solche Erörterungen lästig und unwichtig; der ›schnöde Mammon‹ berührte seinen Seelenfrieden nicht mehr. Es gab wichtigere Dinge auf der Welt, und Flyingstone, angestoßen durch die Impulse des Engels, suchte angestrengt nach neuen Formen des Lebens.

Er war inzwischen zu der Erkenntnis gelangt, dass er allein, nach Art des Einzelgängers weder nach rechts noch nach links schauend und nur sein Ziel vor Augen, nicht vorwärtsstreben dürfe; darin erblickte er eine Verleitung zum Egoismus und Versuchung um des persönlichen Vorteils willen, nein, er musste seine Frau, seine Kinder, ja, nach Möglichkeit seine Umwelt, die Öffentlichkeit an den Früchten der unverdient über ihn gekommenen Einsichten Anteil nehmen lassen. Bisher bestanden diese Segnungen des Himmels freilich nur aus einer nicht zu unterschätzenden Bewusstseinserweiterung, auf die hin er sein Dasein überdacht und ihm eine neue Richtung gewiesen hatte. Aber nun kam es darauf an, aus dieser Lebensausrichtung eine Art Bewegung, einen Handlungstrend zu entwickeln, der Menschen begeistert mitriss und sie die verschütteten Quellen ihrer Seele wiederentdecken ließ. Außerdem dachte Flyingstone daran, einen gemeinnützigen Verein zu gründen, der bestimmte caritative Dienste leistete, und zwar über die bestehenden und ihm zu anonym wirkenden Wohlfahrtsverbände hinaus. Er verstieg sich sogar in den Gedanken, ein Haus zu gründen, das Obdachlosen Asyl und Ersatzheimat bot und ihnen zugleich das Gefühl der Geborgenheit und väterlicher Anteilnahme vermittelte, allein, unerfahren, wie er mit solchen Projekten war, zerschellte sein Unternehmungsgeist bald an den sachlichen Einwänden und begründeten Vorbehalten Clementines, die ihm schließlich anhand einer einfachen Milchmädchenrechnung darzulegen verstand, wie bald seine hochtrabenden Pläne aus Mangel an finanzieller Substanz und personellen Kräften zum Scheitern verurteilt wären.

Flyingstone ging, in grüblerische Gedanken verstrickt, in das Bankgebäude hinein, stieß die Glastür des Windfangs auf und nach wenigen Schritten eine zweite, die den Schalterraum von den übrigen Abteilungen trennte – als ihn eine unvermutete Stille anfiel. Sonst herrschte um diese Zeit, kurz vor Schalterschluss, quirlende Geschäftigkeit, jetzt aber erwartete ihn die Grabesruhe eines Friedhofs.

Flyingstone blickte sich um – und starrte auf den abgesägten Lauf einer Schrotflinte, die ein maskierter Mann unter dem rechten Arm in Anschlag hielt. »Hinlegen!« kommandierte der. Flyingstones Gehirn brauchte eine entsetzliche Weile, bis es den Befehl an die wie versteinert wirkenden Beine weitergab. Erst als Flyingstone den Lauf des Gewehres im Rücken spürte, sackte er lautlos in die Knie und streckte sich neben den anderen Besuchern aus, die das Schicksal der Gefangenschaft mit ihm teilten.

»Kopf runter!« Auch diese Anweisung galt ihm; Flyingstone sah noch, bevor er die Nase auf die kalten Marmorfliesen drückte, wie ein zweiter Bankräuber, der aus dem Tresorraum zu kommen schien, einen Plastiksack voller Geldbündel über den Schaltertisch warf und sich über die Balustrade schwang.

»Keine Bewegung!« Pfeifend zischte der Befehl dicht über Flyingstones Kopf hinweg wie eine abgeschossene Flintenkugel. »Wer sich muckst, ist des Todes!«

Der plumpe Lauf der Waffe glitt taxierend über die Rücken der flach auf dem Boden liegenden Menschen. »Du da, steh auf!«, sagte der Ganove und stieß dem an der Wand liegenden Mann das Eisen zwischen die Rippen. »Du kommst mit. Als Geisel. Wehe, es rührt sich jemand oder benachrichtigt die Polizei! Der erlebt den nächsten Tag nicht mehr!« fügte er, die anderen Gefangenen aus dem Sehschlitz seiner Maske kalt fixierend, hinzu. Der Mann rappelte sich auf, Flyingstone spürte den kurzen, rasselnden Atem des Asthmakranken über sich.

»Lassen Sie mich – an seiner Statt«, rief Flyingstone, den Kopf noch immer auf den kalten Steinen, »er ist krank.«

Flyingstone erschrak entsetzt und lauschte. Was hatte er gesagt? Er wünschte einen Bruchteil von Sekunden, er hätte kein Wort gesprochen, oder der Bankräuber würde es nicht verstanden haben.

»Schnauze!«, rief der Maskierte. Sein nervöser Blick suchte das Gesicht des Komplizen, der den Sack mit dem gebündelten Geld unter den Arm geklemmt hatte. Der nickte.

»O.k. Steh auf, komm!«

Flyingstone erhob sich, spürte, wie ihn eine kräftige, schwarzbehandschuhte Hand empor- und aus dem Schalterraum riss. Der Asthmatiker sackte pfeifend zusammen.

Um die Straßenecke stand ein Pkw mit startendem Motor. Der Fahrer stieß die Tür auf, die Gangster schubsten Flyingstone auf den Rücksitz, einer pflanzte sich neben ihn und drehte seine Arme nach hinten wie in einem Schraubstock. Mit quietschenden Reifen schoss das Auto in die Dunkelheit der Seitenstraße.

Flyingstone kam erst jetzt wirklich zu sich. Er spürte den zuckenden Schmerz in den verdrehten Armen und den Druck auf den unbeweglichen Handgelenken. Auf was hatte er sich eingelassen? Sein wild pochendes Herz signalisierte Angst, Schweiß perlte ihm über die Stirn und troff ins linke Auge, ohne dass er sein Taschentuch hätte hervorziehen und das beißende Brennen abwehren können. Er wusste nicht einmal, ob er mit dem Leben davonkommen würde. Während der Wagen um ein paar Häuserblocks kurvte, um mögliche Verfolger abzuschütteln, ging ihm die Tragweite seines Handelns allmählich auf.

Warum hatte er das getan? Was würde Clementine dazu sagen, dass er sich unüberlegt in Gefahr begeben, ja, dass er sie fast gesucht und sich ihr ausgeliefert hatte? Flyingstone war kein Held, er vermied Sensationen. Er hätte sich unter normalen Umständen und bei klarem Verstand in dem Augenblick, als das Los der Geisel auf ihn fiel, wahrscheinlich vor Schreck in die Hose gemacht . . . Und jetzt saß er im Auto der Bankräuber, denen er sich durch eigene Schuld so gut wie aufgedrängt hatte, und sah keinen Ausweg ...

Der Asthmatiker – ach ja. Dieses kurze, pfeifende Atemgeräusch über ihm, dieser rasselnde Brustkorb, als der Mann über ihn hinwegstieg. Dieser Ausdruck des Leidens, der Krankheit, der Hilflosigkeit hatte ihn, Henry Flyingstone, spontan handeln lassen. Er fühlte sich in die Rolle des Stellvertreters gedrängt, ohne große Überlegung und einen Gedanken an seine eigene Sicherheit. Er hatte nur gespürt: Du musst gehen, musst für ihn gehen. Der Impuls war aus einer Tiefe der Seele gekommen, die ihn total ausgefüllt, die ihn voller Mitleid ganz vereinnahmt hatte für diesen ihm fremden Menschen, sodass er im Augenblick nichts anderes hatte tun können als zu sagen: Lassen Sie mich – an seiner Statt ...

Jetzt saß Flyingstone in dem Wagen und überdachte seine Lage. Das Auto fuhr, um nicht aufzufallen, an der Grenze der zulässigen Geschwindigkeit durch die Ausfallstraßen der Stadt und bog auf das Gelände am Hafen ein. Das Tor eines der zahlreichen Lagerschuppen, die nicht mehr benutzt wurden, weil sie durch moderne Kühlhäuser ersetzt worden waren, stand weit offen. Der Wagen brauste hinein und bremste voll. Der erlöschende Scheinwerfer erfasste einen zweiten Pkw, der startbereit auf seine Gäste wartete.

»Los, raus!«, rief der bullige Bankräuber, der Flyingstone im Fond des Autos geknebelt hatte. »Und keine Fisimatenten.«

Flyingstone stolperte von dem einen auf den anderen Rücksitz, blitzschnell wechselten die Männer ihre Garderobe, der Plastiksack mit dem Geld verschwand in einer großen Apfelsinenkiste, über die man zum Schein ein paar goldgelbe Früchte ausbreitete, im Kofferraum. Schon heulte der Motor auf. Das Fahrzeug fuhr stadteinwärts. Da die Gangster offensichtlich mit Kontrollen an den Ausfallstraßen rechneten, gingen sie auf Nummer Sicher. Nach einer Fahrt von etwa 15 Minuten stoppte das Auto in einer Nebenstraße. ›Pension zum himmlischen Frieden‹ stand in schwacher Leuchtschrift über dem Eingang einer Tür. Fahrer und Beifahrer stiegen aus.

»Wehe, ich höre einen Laut«, zischte Flyingstones Nebenmann. Henry Flyingstone sah, wie dessen linke Hand die Tasche seines Trenchcoats beulte – wahrscheinlich umfasste der Zeigefinger den Abzug einer Pistole.

»Los, vorwärts! Und keine Mätzchen!«

Sie stiegen aus und gingen auf die Tür zu. Die beiden anderen Ganoven verwickelten den Portier soeben in ein ablenkendes Gespräch. Sie scherzten, einer erzählte einen Witz. »Zwei Doppelzimmer, jawohl, wie bestellt«, sagte schließlich einer von ihnen, während der dritte Flyingstone an der Rezeption vorbeischob in das zwielichtige Treppenhaus. Das Zimmer war karg, nur notdürftig möbliert. Die weißgetünchten Wände entbehrten jeglichen Wandschmucks. Ein wackliges Tischchen, zwei Stühle, die Betten mit grauweißer Wäsche bespannt, ein Bild wie die Kulisse eines Films. Das Fenster öffnete sich zum Hinterhof, die Geräusche der Straße echoten an den Wänden, der Geruch von Küche und Abfall stieg in dem dunklen Schacht empor.

»Setz dich«, sagte der Bankräuber, »aber wehe, du machst

einen Fluchtversuch. Solange du dich mucksmäuschenstill verhältst, geschieht dir nichts.«

»Was haben Sie mit mir vor?« fragte Flyingstone heiser. Seit eineinhalb Stunden vernahm er zum erstenmal seine eigene Stimme, und er war überrascht, wie fremd sie ihm vorkam.

»Bist du taub, dass ich meinen Spruch wiederholen muss?«, zischte der Gangster. »Solange du das Maul hältst und friedlich bist, passiert nichts, kapiert?«

Flyingstone nahm auf einem wackligen Stuhl Platz, während sich der Verbrecher aufs Bett warf und ihn nicht aus den Augen ließ. Im Schein der trüben Funsel musterte Flyingstone sein Konterfei. Er war kein brutaler Typ, trotz des bulligen Gesichtes. Er hatte ein Grübchen im Kinn und lebhafte blaue Augen. Er hätte ebenso als Angestellter in einem Finanzamt sitzen können. Der Backenbart und die buschigen Augenbrauen waren bestimmt angeklebt, die auffällig braune Hautfarbe stammte gewiss aus dem Schminkkasten.

Der wird mich nie freiwillig loslassen, wo ich jetzt sein Gesicht kenne, dachte Flyingstone. Er war nicht imstande gewesen, sich die Physiognomie der beiden anderen Männer einzuprägen; sie hatten es vermieden, ihn anzusehen, und ihm den Rücken zugekehrt. Er hörte, wie sie das Gästezimmer nebenan betraten und miteinander sprachen.

»Du brauchst nicht so steif auf dem Stuhl zu sitzen«, sagte der Gangster. »Mach es dir bequem, wie ich. Es lohnt auch nicht, heimlich nach der Tür zu schielen. Ein Sprung – und ich erwische dich garantiert, falls du die Absicht haben solltest, dich ohne Abschied von uns zu entfernen.«

»Wann lassen Sie mich raus?«, fragte Flyingstone. Er streckte die Beine ein wenig vor und spürte, wie sie zitterten.

»Gefällt es dir nicht bei uns? Du musst schon eine Weile aushalten. Wir haben die Sache lange vorbereitet und möchten sie nicht durch dich gefährden.«

»Ich schade euch nicht«, beeilte sich Flyingstone zu sagen. »Ich … «

»Schnauze, verstanden?« Der Mann erhob sich und ging ein paar Schritte auf Flyingstone zu. »Du antwortest von jetzt ab nur, wenn du gefragt wirst, ist das klar?«

Flyingstone nickte. Der Bankräuber zog sich aufs Bett zurück, die Federn ächzten unter seinem Gewicht. »So bescheuert wie du warst, habe ich selten jemand gesehen. Bietet sich freiwillig als Geisel an! Mensch, biste bekloppt?«

Flyingstone antwortete nicht; was hätte er sagen sollen? Verständnis für seine Handlungsweise konnte er von einem Ganoven nicht erwarten, zumal ihn wahrscheinlich nicht einmal der Kassierer und die Kunden der Bank begriffen hätten.

Der Gangster fingerte nach einer Zigarette und zündete sie an.

»Willste auch eine?«, fragte er gönnerhaft, aber Flyingstone schüttelte den Kopf. »Sitzt ganz schön in der Patsche, was? Ha! Ha!«

Der Zigarettenrauch stieg langsam zur Decke. Flyingstone hörte, wie der Fremde inhalierte; ein Funken Glut brannte ein Loch in die zwielichtige Zimmerbeleuchtung. Gott sei Dank ist er nicht gewalttätig, dachte Flyingstone. Schikaniert mich nicht, ist nicht brutal. Ob er die Waffe ernsthaft auf Menschen anlegen und sie abdrücken würde?

Es klopfte in bestimmten Intervallen. Ein abgesprochenes Zeichen. »Du rührst dich nicht, o. k.?«

Der Wächter erhob sich und ging lautlos zur Tür. Er wiederholte den Klopfrhythmus, bevor er öffnete. Aus dem dunklen Flur drang Gemurmel, das in Flüstern überging. In den Pausen schielte der Verbrecher zu Flyingstone hinüber. Flyingstone sah, wie er nickte, dann schloss er die Tür.

»Ich muss dich für eine halbe Stunde verlassen, mein Freund. Geld zählen, verstehst du? Ja, bei uns geht alles sehr reell zu. Niemand wird übervorteilt. Aber damit du nicht auf dumme Gedanken kommst, muss ich dich leider fesseln.«

Der Mann zog eine Wäscheleine aus der Tasche und begann, Flyingstone wie ein Paket auf seinem Stuhl zu verschnüren. »Und damit du nicht den Drang verspürst, Choräle vor dich hinzusingen, werde ich dir ein Schlafmittel geben und obendrein den Mund stopfen.«

Flyingstone sträubte sich gegen das in Wasser aufgelöste Pulver, doch vergebens. Als ihm der Bankräuber ein nicht mehr ganz sauberes Taschentuch in den Mund presste und ihn mit Leukoplast überklebte, glaubte Flyingstone ersticken zu müssen. Er würgte und meinte sich zu übergeben; sein Magen geriet in Aufruhr, und ihm wurde schwarz vor Augen. »So, jetzt bist du zünftig verpackt wie eine echte Mumie«, sagte der Fremde. »Merk dir, du könntest längst in deinem schönen weichen Heiabettchen liegen, wenn du nicht so aufdringlich gewesen wärst und dem anderen Herrn den Vorrang gelassen hättest, wie es die Höflichkeit gebietet. So long.«

Das Licht erlosch. Flyingstone saß im Dunkeln. Er hörte den Schlüssel im Schloss – den goldenen Schlüssel, der zu dem Schatzkästchen passte, das Schatzkästchen, was war doch, was war … Auf Henry Flyingstones Lider senkte sich der Tau des Schlafes. Wie eine Hand legte er sich auf die Augen; es dauerte nicht lange, da hörte man die tiefen Atemzüge des Schläfers …

17

Plötzlich fühlte sich Henry Flyingstone sehr leicht. Die Fesseln fielen von ihm ab, er tastete den widerlichen Geschmack im Mund nicht mehr, die schmerzenden Gelenke ließen sich leicht und frei bewegen. Er verspürte den Wunsch zu fliegen, die Wände wichen zurück, sie legten sich gleichsam vor ihm auf den Boden wie zu einem langen steinernen Teppich, über den Flyingstone hinausschwebte. »Fliegen«, rief er, »ich kann fliegen! Warum bin ich nicht schon viel früher auf den Gedanken gekommen, meine Arme zum Flug auszubreiten, mich mit den Füßen abzustoßen in die herrliche freie Luft.«

Mit einem Male sah er sich, sah sich in Gestalt eines Kindes, das zu einem alten, weisen Mann kam. »Ich bin in meinen Träumen geflogen«, sagte das Kind. »Ich konnte es plötzlich – weil ich es wollte. Aber jetzt, wo ich erwacht bin, stehe ich hier und kann mich nicht mehr erheben. Was habe ich falsch gemacht?«

Der alte, weise Mann erwiderte nichts, sondern lächelte nur.

»War ich ein Vöglein?«, hörte sich Flyingstone, das Kind, fragen, »oder ein Engel im Himmel?«

Der Alte verneinte. Auch der Mensch könne fliegen, sagte er, wenn er nur die Vorschriften beachte.

Das war schwer einzusehen.

Das Kind Flyingstone sah den Gesprächspartner ungläubig an. »Ich weiß«, entgegnete es, »es gab einmal einen Mann, der für sich und seinen Sohn je ein Flügelpaar aus Federn anfertigte – davon habe ich gehört. Aber der Sohn kam der Sonne zu nah; das Wachs auf den Federn schmolz – und er stürzte ab.«

»Du hast in der Schule gut aufgepasst«, nickte der weise Mann. »Die Geschichte von Dädalus und Ikarus kennst du also. Jedoch an einen solchen Flug dachte ich eigentlich nicht.«

»Sondern?« Das Kind Flyingstone hing mit gespannter Aufmerksamkeit an seinen Lippen.

»Ich dachte an die Freiheit des Menschen, die zum Flug wird, wenn er alles abgeschüttelt hat, was ihn beschwert. Wenn er leicht, federleicht geworden ist, sodass er vom Windhauch emporgewirbelt wird.«

»Das verstehe ich nicht!«, rief das Kind. »Federleicht soll ich werden? Dabei wiege ich doch achtzig Pfund!«

Der Weise lächelte versonnen. »Sag mir, welche Dinge dir gehören und dir viel bedeuten.«

Das Kind begann aufzuzählen: »Mein Fahrrad, mein Fernsehapparat, meine Möbel, meine Bücher, meine Kleider, mein Gameboy, meine Kassetten, mein Aquarium, meine Briefmarkensammlung ...«

»Es ist genug«, unterbrach der alte, weise Mann das Kind, das Henry Flyingstone hieß. »Hast du auch Wünsche für morgen, wenn du erwachsen bist?«

»Viele!«, rief das Kind. »Zum Beispiel wünsche ich mir ein Auto, wenn ich größer bin, ein gemütliches Haus, einen Garten voller Blumen, ein ...«

»Es genügt«, sagte der weise Mann. »Wärst du bereit, deine Wünsche zu vergessen – nur den einen nicht, nämlich zu fliegen?«

Das Kind schwieg einen Augenblick; es legte die Stirn in Falten und dachte nach. »Nein«, sagte es dann zögernd und leise, »ich glaube nicht, dass ich auf meine Wünsche verzichten möchte. Sie gehören doch zum Leben, und alle haben sie.«

»Ja«, nickte der alte, weise Mann und blickte Henry Flyingstone durchdringend an, »alle haben sie, und keiner kann auf den Luxus dieser Welt verzichten. Deshalb, mein Kind, kann deine Seele auch nicht fliegen lernen.«

18

Die Nachricht verbreitete sich rasch. Nicht allein die Sirenen der Polizeifahrzeuge kündeten Clementine an, dass in unmittelbarer Nähe etwas Ungewöhnliches vorgefallen sein musste. Sie dachte zunächst an einen Verkehrsunfall, an einen Wasserrohrbruch oder dass möglicherweise ein Feuer ausgebrochen sei. Da das Leben in einer Großstadt ständig von kleinen und größeren Katastrophen bedroht ist, widmete sie sich bald wieder ihrem Tagesgeschäft. Erst als das Telefon schrillte und die Polizei sich meldete, erschrak sie. »Was ist mit meinem Mann?«

Der Beamte suchte sie zu trösten. »Wir wissen noch nichts Bestimmtes, außer, dass drei Männer am Überfall beteiligt sind und man Ihren Gatten als Geisel …, er hat sich freiwillig angeboten.«

»Freiwillig?« Das Wort blieb Clementine im Hals stecken. Henry – Geisel – und freiwillig? Was brachte Henry auf die Idee, sich Bankräubern auszuliefern? »Hören Sie, das kann nicht sein«, protestierte sie in die Muschel des Telefons. »Mein Mann tut so etwas nicht, begreifen Sie? Er ist kein Held. Er macht so etwas nicht freiwillig.«

»Der Filialleiter der Bank hat es eindeutig beobachtet, und die Kunden, die während des Überfalls im Schalterraum waren, haben es ebenfalls bestätigt«, antwortete der Polizist.

Hilfe! – Henry wird mit den Gangstern doch nicht unter einer Decke stecken? schoss es ihr siedendheiß durch den Kopf, jedoch zugleich verwarf sie diese unsinnige Idee. Er hatte einen guten Schutzengel … Nein, Henry, der auf dem Weg war, ein frommer Mensch zu werden – als Verbrecher …?

»Was soll ich tun?«, fragte Clementine atemlos.

»Bleiben Sie zu Hause. Wir informieren Sie, sobald wir eine Spur von den Bankräubern haben – und natürlich von Ihrem Mann.«

Clementine war mit der Hiobsbotschaft allein. Sie ließ sich auf den Stuhl neben dem Telefon fallen und versuchte, Ordnung in das Chaos ihrer Gedanken und Gefühle zu bekommen. Sie stellte sich vor, wie Henry jetzt irgendwo geknebelt und gefesselt im Kofferraum eines Autos oder im Keller eines verlassenen Hauses lag, wie er unter Kälte und Dunkelheit litt. Vielleicht war sein Leben bedroht! Ja, eine Geiselnahme endete oft blutig, nicht selten tödlich. Möglicherweise verlangte man Lösegeld, stand ein Erpressungsversuch bevor.

Warum in aller Welt hatte Henry das getan? Warum hatte er nicht versucht, sein Leben in Sicherheit zu bringen, so wie jedermann in einem solch schrecklichen Augenblick handeln würde. Statt dessen bot er sich den Ganoven freiwillig … Nein! Clementine Flyingstone konnte nicht allein bleiben mit der Schreckensnachricht, sie musste sich jemandem mitteilen. Erleichtert fiel ihr Joan ein, Joan Girardot. Sie hatten sich seit dem herrlichen Nachmittag nicht wieder gesehen, obgleich Clementine gern dem geheimen Wunsch nachgekommen wäre, die so bereichernde Unterhaltung fortzusetzen. Jetzt, unter dem Eindruck der schockartigen Botschaft, wählte sie kurzentschlossen Joans Telefonnummer.

Sie hatte Glück, die frühere Schulfreundin war zu Hause. »Ich habe gehört, was passiert ist«, sagte Joan. Ihre Stimme klang ruhig und fest. »Eben, in den regionalen Sechs-Uhr-Nachrichten wurde der Überfall durchgegeben. Es tut mir Leid, Clementine. Aber du wirst nicht verzweifeln, nicht wahr? Du musst glauben, dass alles gut geht. Henry hat einen guten Schutzengel, das weißt du. Erinnere dich an unser Gespräch, neulich, Clementine. Jetzt wird Gottes Hand ganz sicher auf ihm ruhen.«

Joan Girardot hörte, wie Clementine Flyingstone mehrmals tief atmete. »Ich will dir keine Predigt halten mit salbungsvollen Worten, meine Liebe. Ich möchte dir einfach Gewissheit geben – und Glauben, Clementine. Du musst glauben, verstehst du? Es wird alles gut werden, bestimmt.«

Joans Sicherheit tat Clementine gut. Der Hinweis auf Cordelia, auf Henrys Schutzengel, flößte ihr Mut ein. Sie selbst hatte ja bereits an ihn gedacht. Ja, sicher, der Engel würde nicht tatenlos zusehen, wenn sein Schützling sich in Gefahr befand. Sie verabschiedete sich von der Freundin und versprach, sich wieder zu melden, sobald sie etwas Neues in der Sache erführe.

Die Zeit verstrich. Clementine schaute alle Augenblicke auf die Uhr, als ob die Befreiung ihres Mannes vom guten Willen der Zeit abhinge, ging im Wohnzimmer hin und her, fixierte das Telefon.

Ihr Blick fiel zufällig auf den Stapel Bücher auf dem Schreibtisch ihres Mannes. Er hatte sich wieder ein paar Bände ausgeliehen. Die Titel klangen fromm. Es waren zwei Werke über Engel darunter – das Thema, mit dem sie sich beide nun schon eine geraume Zeit befassten. Clementine schlug das erste wahllos auf. Das Kapitel war mit einem Psalmwort überschrieben: »Gott wird seine Engel für dich entbieten, dich zu behüten auf all deinen Wegen.« Und auf ein anderes Zitat wurde Clementines Aufmerksamkeit gelenkt. »Der Wunsch unseres Schutzengels, uns zu helfen, ist weit größer als derjenige, den wir haben, uns von ihm helfen zu lassen.« Eine Erfahrung des hl. Don Bosco.

Wenn das kein verheißungsvolles Omen war … Es bewahrheitete sich: Immer wieder, wohin Henry und sie in den letzten Wochen auch sahen, welche Stelle der Schrift sie aufschlugen, wer – wie sie – sehen wollte, stieß auf Schutzgarantien, auf Zusicherungen des Himmels in Gestalt der Boten Gottes … Doch Clementine spürte, dass noch ein weiter Weg vor ihr lag, bis sie das geschriebene Wort auf sich anwenden und für sich deuten konnte, deuten in seiner Transparenz, in seiner universellen Gültigkeit, seinem ewig währenden Bezug.

Zweifel und Fragen drängten sich auf, weil der Glaube uneinsichtig ist und nicht den Regeln der Vernunft unterliegt, der Nachprüfbarkeit, der mathematischen Beweisführung. Clementine Flyingstone spürte, wie weit der Mensch sich entfernt hatte von den alten Wurzeln, aus denen er erwachsen war, wie er sich auf ein fragwürdiges Parkett begeben hatte und ständig zu schlittern drohte, weil er zu wenig Halt fand. Einfach ›ja‹ sagen zu können zu dem, was da aufgeschrieben stand, was gemeint war, dem jahrtausendalten Wort seine ursprüngliche Bedeutung zu entlocken und ihm zu folgen mit allen Fasern des Herzens … – darin bestand die verlorene Kunst vergangener Jahrhunderte und ihrer glaubenssicheren Menschen.

Draußen, vor dem Fenster, stand die Nacht mit übermüdetem Gesicht.

Clementine hatte kein Licht angezündet, so sah sie im Dunst über den Häusern und Türmen vereinzelte Sterne, Blinkzeichen anderer Welten, Signale, deren Botschaft sie nicht verstand. Sie dachte an Henry und was ihm jetzt, in diesem Augenblick wohl geschähe, ob seine Gedanken bei ihr waren oder ob er alle Kräfte anwenden musste, um seinen Kidnappern zu entkommen. Da schrillte das Telefon.

19

Flyingstone saß im Dunkeln. Die Wirkung des Schlafmittels war verrauscht; zwar wog der Kopf schwer und die Gedanken kehrten nur allmählich zurück, aber er entsann sich von Minute zu Minute deutlicher, was geschehen war und in welche Situation er sich durch eigenes Zutun gebracht hatte. Mit Aufklarung des Verstandes spürte er verstärkt den Knebel in seinem Mund.

Schöne Bescherung, dachte Flyingstone. Wie komme ich nur aus dem Schlamassel heraus?

»Keine Situation ist so hoffnungslos, als dass es keine Lösung gäbe«, sagte Cordelia. Der Engel stand zwischen Bett und Stuhl, das Leuchten, das von ihm ausging, erfüllte den ganzen Raum.

Flyingstone presste die Zunge mit aller Kraft gegen das widerliche Tuch in seinem Mund, bis es langsam dem Druck wich. Den geneigten Kopf an der hochgezogenen Schulter reibend, gelang es ihm schließlich, den Leukoplaststreifen abzuziehen und das Tuch auszuspeien.

»Endlich«, presste Flyingstone hervor, Schweiß war auf seine Stirn getreten, und ein Brechreiz würgte ihn. Er atmete tief.

»Gut, dass du da bist, Cordelia. In aller Aufregung habe ich überhaupt nicht an dich gedacht. Wie konnte ich so dämlich sein.«

»Das geschieht den Menschen immer wieder, dass sie Gott und seine Engel außer Acht lassen. Erst in Stunden äußerster Not …«

»Ich bin in Not«, unterbrach Flyingstone seinen Schutzengel. »Bitte, bring mich hier heraus.« Flyingstone zerrte zur

Bekräftigung seines Anliegens an den Fesseln und ruckte den Stuhl, an dem er angebunden war, ein paar Zentimeter von seinem Platz.

»Hab Mut, Henry, du hast dich eines anderen Menschen wegen in Gefahr begeben, um ihm zu helfen, jetzt sollst du auch meinen Schutz erfahren.«

»Gut, gut. Also, was zögerst du?«, drängte Flyingstone.

»Still!« Cordelia legte den Zeigefinger auf den Mund. »Die Herren nebenan könnten sich gestört fühlen, wenn sie Geräusche aus diesem Zimmer hören. Sie sind beim Geldzählen, ich habe jedoch dafür gesorgt, dass sie damit noch eine Weile beschäftigt sind.«

»Wie das?«, fragte Flyingstone neugierig. »Sie werden die Banknoten in drei Teile aufteilen, falls sie das noch nicht getan haben, und mich dann frei lassen.«

Cordelia schüttelte den Kopf. »Sie sind sich noch nicht einig, was mit dir geschehen soll, Henry.«

Flyingstone starrte ängstlich auf den Engel, der noch immer unbeweglich an seinem Platz stand. »Er hat mir versprochen, dass er mich nicht anrühren wird.«

»Dein Wächter, ja, der hat dir dieses Versprechen gegeben«, erwiderte Cordelia, »aber die anderen ... Sie sind mit allen Wassern gewaschen und nicht so feinfühlig wie der Mann, der dich gefesselt hat.«

»So binde mich endlich los!«, flehte Flyingstone . »Oder kannst du es nicht?«

»Erinnerst du dich an Petrus, der im Gefängnis saß?«

»Nein, Cordelia, du weißt, dass ich mich in der Bibel nicht besonders gut auskenne. Aber ist es wichtig, jetzt die Geschichte des Petrus zu hören?«

Cordelia nickte. »Wie willst du sonst begreifen, wie gut Gott es mit dir meint? Es war in den Tagen der ungesäuerten Brote. Herodes befahl, Petrus festzunehmen und in den Kerker zu werfen, während er Jakobus, den Bruder des Johannes, mit dem Schwert hinrichten ließ. Eine vierfache Wache stand vor der Zellentür, hinter der Petrus gefangen saß. Die Kirche aber betete ohne Unterlass für ihn zu Gott. In jener Nacht schlief Petrus, mit zwei Ketten gefesselt, zwischen zwei Soldaten. Und siehe: Ein Engel des Herrn trat heran so wie ich jetzt, weckte ihn und sprach: ›Steh sogleich auf!‹ Da fielen die Ketten zu Boden. Und der Engel sagte weiter: ›Gürte dich und zieh deine Sandalen an und wirf den Mantel um und folge mir!‹ Petrus folgte dem Engel hinaus, er meinte aber, dass er träume …«

Flyingstone bäumte sich abermals in seinen Fesseln. »Was soll das jetzt? Binde mich los, Cordelia, wenn du kannst. Ich habe keine Sandalen anzuziehen und mich nicht zu gürten. Einen Mantel benötige ich nicht. Also, worauf wartest du? Oder soll ich umgebracht werden wie Jakobus?«

»Du bist also entschlossen, davonzulaufen und die Bankräuber mit ihrem Raub unbehelligt ziehen zu lassen?«, fragte der Engel herausfordernd.

Flyingstone fuhr auf. »Nun sag noch, ich solle den Märtyrer spielen. Ist es nicht genug, dass ich mich anstelle des asthmakranken Mannes in ihre Hände begeben habe? Clementine kommt um vor Angst! Was habt ihr anschließend mit diesem Petrus gemacht?«

»Er verließ das Gefängnis, allein, die Wachen, an denen er vorüberschritt, bemerkten ihn nicht«, sagte Cordelia ruhig.

»Also, wenn das auch in meinem Fall möglich wäre, würde ich höflich bitten …«

»Du bist nicht Petrus«, sagte der Engel lächelnd. »Du hast nicht seinen Glauben. Und deshalb muss ich dir eine weitere Prüfung auferlegen.«

»Welche?«, fragte Flyingstone rasch.

»Möchtest du nicht ebenfalls, dass man die Gangster fängt?«

»Natürlich! Wieso?«

»Und wenn du es tätest?«

»W...was, ich? Du möchtest, dass ..., dass ich ...? Ist der Himmel verrückt?«

»Nein, Henry. Ich habe ein ausgeprägtes Gefühl für Gerechtigkeit.«

»So übergib die Ganoven dem Gericht!«, rief Flyingstone. »Dann hat alles seine Ordnung.«

Er hörte hastige Schritte auf dem Gang und unmittelbar darauf öffnete sich die Zimmertür. Das Deckenlicht zuckte auf.

»Was ist hier los?«, zischte der Bankräuber, der Flyingstone auf dem Stuhl gefesselt hatte. »Was machst du für einen Lärm? Aha, du hast den Knebel ausgespuckt. Willst uns wohl die Polente auf den Hals hetzen, was?«

»Ich habe fürchterliche Bauchschmerzen«, log Flyingstone. »Kamen wie angeweht. Ich wusste mir nicht anders zu helfen als zu rufen. Ich denke, wenn ich zur Toilette dürfte ...«

»Du auch?«, stutzte der Verbrecher. »Sag mal, seit wann hast du diese Schmerzen? Einer meiner Freunde, drüben, liegt auf dem Bett und krümmt sich wie ein Wurm. Es muss ein plötzlicher Infekt sein.«

»Dann wird es nicht lange dauern, und Ihr anderer Freund und Sie bekommen die Schmerzen ebenfalls.«

Der Gangster blickte Flyingstone durchdringend an. »Woher willste das wissen? Untersteh dich, mich auf den Arm zu nehmen. «

»Warum sollte ich?«, entgegnete Flyingstone. »Ich bin ja selbst betroffen. Wenn ich die Gliedmaßen frei hätte, ich wüsste, was ich täte.«

»So? Was denn?«

»Ich würde zur Rezeption gehen und um eine anständige Portion Kalmuswurzeltee bitten.«

»Kal … Kalmuswurzeltee? Nie davon gehört.«

»Kalmus entkrampft den Magen und beruhigt die Eingeweide.«

»Und wenn das ein Trick ist?«

»Dann müssen wir eben alle mit Schmerzen leben.«

»Sie sind wohl – Arzt?« fragte der Ganove vorsichtig.

»Nicht direkt, jedoch ich hatte oft mit der menschlichen Psyche zu tun.«

Wieder runzelte der Kidnapper die Stirn. Er war ein Mann praktischen Handelns und durchschaubarer Konsequenzen. Die Erklärung der Geisel klang ausweichend und uneinsichtig.

»Ich werde jetzt hinuntergehen und den Tee besorgen«, sagte er forschend, indem er Flyingstone ins Gesicht sah, als erwarte er eine Reaktion. »Aber wehe, Sie führen wieder Selbstgespräche oder schreien das Haus zusammen!«

Henry Flyingstone spürte die Unsicherheit, die der Mann nur mühsam verbergen konnte. Warum nannte er ihn plötzlich ›Sie‹?

»Das wird Ihnen nicht viel nützen«, sagte Flyingstone, alle Kraft zusammennehmend, um innerlich ruhig zu wirken.

»Und warum nicht?«

»Weil der Portier kaum das Mischungsverhältnis kennt, in dem man den Tee ansetzen muss.«

Der Gangster entnahm der zerknitterten Schachtel eine Zigarette und riss ein Streichholz an. »Sie meinen …«

»Ein bisschen zu viel Tee oder zu wenig Wasser – und schon schlägt die Wirkung um.«

Der Glimmstengel tanzte zwischen den Fingern des Bankräubers. Es war nicht Angst, aber Anspannung und die Ungewissheit, was werden würde, wenn die Schmerzen des Komplizen nebenan nicht nachließen.

»Wir sollten hinuntergehen und den Portier um den Tee bitten«, sagte Flyingstone.

»Wir?«

»Ja. Sie allein können ihm die Zusammensetzung des Tees nicht erläutern. Es gibt da sehr feine Nuancen. Aber zu dem Zweck müssten Sie mich losbinden.«

»So, müsste ich das.«

»Ja, Sie werden mich nicht auf dem Stuhl hinabtragen wollen.«

»Das könnte Ihnen so passen«, fauchte der Gangster. »Ich werde Ihnen was husten. Sie bleiben hier.«

Ein Kratzen an der Tür ließ die beiden Männer aufhorchen. Alsdann hörte man wieder das Klopfen in den schon bekannten Intervallen. Der Ganove schlich zur Tür und öffnete. »Wir müssen etwas unternehmen«, flüsterte eine Stimme durch den Spalt. »Es geht … geht schlechter.«

Flyingstone konnte den Namen nicht verstehen, aber er wusste, dass es sich um den Bankräuber mit den schlimmen Magenbeschwerden handelte. »Er hat auch Schmerzen und behauptet, etwas dagegen tun zu können«, sagte der Wächter und deutete mit dem Daumen rückwärts. Flyingstone sah im schwachen Kreis des Lichtes ein schmales, bleiches Gesicht, das sich sogleich wieder zurückzog.

»Was empfiehlt er?«

Die beiden Ganoven tuschelten, und Flyingstone malte sich aus, wie der eine dem anderen die Kalmuswurzel schmackhaft machte.

»Wir könnten es probieren«, sagte der eine. »Aber sei vorsichtig.«

Die Tür fiel ins Schloss. Der Aufpasser musterte Flyingstone kritisch. »Keine faulen Tricks«, drohte er, während er sich an den Stricken zu schaffen machte. »Eine falsche Bewegung oder eine dumme Bemerkung zum Portier – und du bist geliefert.« Er hielt zur Bekräftigung seines Entschlusses die rechte Hand horizontal an den Hals und imitierte einen Schnitt.

Flyingstone spürte, wie das Blut in die Handgelenke zurückströmte und die eingeschlafenen Füße allmählich wieder Gefühl bekamen. Er ging unsicheren Schrittes vor dem Geiselnehmer die Treppe hinab, während seine Gedanken Purzelbäume schlugen vor Unsicherheit, was er dem Mann an der Rezeption sagen solle.

Der Portier saß in einer schwach beleuchteten Ecke und verdarb sich die Augen beim Zeitunglesen. Er blickte kaum auf, als die beiden Gäste herabkamen.

»In der Küche ist niemand mehr«, sagte er, als Flyingstone seinen Wunsch nach Kalmuswurzeltee vorgebracht hatte. »Aber schräg gegenüber ist eine Apotheke. Ich weiß, dass sie Nachtdienst hat. «

Flyingstone sah das wachsende Entsetzen im Gesicht seines Bewachers.

»Ich kann schnell hinübergehen«, schlug Flyingstone vor. »gewiss weiß der Apotheker ein wirksameres Medikament als Kalmuswurzeltee, wenn ich ihm meine Beschwerden und die Ihres Freundes schildere.«

»Das könnte Ihnen so passen«, zischte der Bankräuber, der mit wechselnder Anrede – mal sagte er ›du‹, dann wieder ›Sie‹ – seine zunehmende Verunsicherung und Nervosität verriet. »Sie suchen das Weite und verpfeifen uns bei der Polizei.«

»Vielleicht könnte uns der Portier den Weg abnehmen, wenn wir ihn bitten.« Aber der Portier erklärte, seinen Platz nicht verlassen zu dürfen, außer, wenn ein Notfall eintrete. Flyingstone zog eine Pfundnote aus dem Portemonnaie und erklärte, es liege ein Notfall vor. Einer blitzschnellen Eingebung folgend, fügte er, indem er nach Papier und Bleistift griff, hinzu: »Fragen Sie den Apotheker nach dieser Arznei.« Noch ehe der Bewacher kapiert hatte, was geschah, hatte Flyingstone das Wort ›Polizei‹ auf den Notizblock geschrieben, das Blatt abgerissen und dem Portier zugesteckt. »Ich habe von diesem Medikament erst kürzlich gehört«, fügte er, sich dem Gangster zuwendend, hinzu. Der Mann hatte offensichtlich keinen Verdacht geschöpft, er sah gespannt dem Boten nach, wie er krummbeinig über die Straße lief und in der Apotheke verschwand. Wenn der Portier kein Trottel ist und der Apotheker ein helles Köpfchen hat, dachte Flyingstone, während er sein Herz hämmern hörte, wird der Spuk hier bald losgehen.

20

Flyingstone war der gefeierte Star. Zum wievielten Male er seine Geschichte an diesem Abend zum Besten gab – er wusste es nicht. Im Gegensatz zu manchen Menschen, die in ähnlicher Situation das Glück des Augenblicks genossen hätten, spielte Flyingstone seine Verdienste an der Verhaftung der Bankräuber herunter. Er antwortete willig auf Fragen, posierte auch für die Fotos der Reporter, ließ sich zwischen Polizeipräsidenten und Clementine ablichten, aber immer wieder betonte er, dass er kein Held sei, eine Menge Angst ausgestanden habe und froh wäre, wenn er endlich wieder nach Hause dürfe.

Er vermied es, die Gangster zu belasten, ihre Schuld zu vergrößern. Nein, er sei anständig behandelt worden, man habe ihn nicht bedroht, und, während Flyingstone seine noch immer schmerzenden Gelenke rieb, erklärte er, den Druck der Fesseln habe er fast schon vergessen.

Die vernehmenden Beamten hatten mehrfach den Kopf geschüttelt. Ein solcher Zeuge war ihnen noch nicht begegnet.

Andere hätten jede Gelegenheit genutzt, die Verwerflichkeit des Verbrechens herauszustellen und die ausgestandene Angst zu dramatisieren, sie hätten die Freiheitsberaubung eines unbeteiligten Bürgers als Willkürakt gewissenloser Kidnapper interpretiert, eine geharnischte Strafe für sie gefordert und auf Schadenersatz oder Schmerzensgeld geklagt. Flyingstone blieb sachlich und ruhig, er lächelte seinem Wächter, der ihm im Hotelzimmer mehrere Stunden gegenübergesessen war und ihn nun bei der polizeilichen Gegenüberstellung finster musterte, sogar aufmunternd zu und meinte, ein klares, eindeutiges Geständnis könne die strafrechtliche Situation nur erleichtern.

Flyingstone war Hahn im Korb, ohne es sein zu wollen. Nachdem der Apotheker den Zettel des Portiers gelesen und nach zwei, drei Rückfragen nach dem Auftraggeber und Patienten sogleich geschaltet hatte, bedeutete er dem wartenden Boten, das Medikament, das in einem solchen Falle am schnellsten helfe, sei im Augenblick nicht vorrätig, er werde es aber innerhalb kürzester Frist beschaffen. Er, der Portier, möchte den Herren an der Rezeption sagen, sie könnten in wenigen Minuten darüber verfügen. Daraufhin hatte der Gangster seine Geisel wieder im Hotelzimmer eingeschlossen und war dann selbst zur Apotheke hinübergeeilt, um die Tabletten in Empfang zu nehmen. Aber statt Arznei präsentierte der Apotheker ihm die sofort benachrichtigte Polizei, die durch den Hintereingang ins Haus gekommen war und die Pension ›Zum himmlischen Frieden‹ bereits unauffällig observierte.

Die Verhaftung der beiden anderen Bankräuber und die Befreiung Flyingstones war die Tat eines Augenblicks. Die Verblüffung auf allen Seiten war groß – auch Henry Flyingstone kam aus dem Staunen nicht heraus, als ihm schneller als erwartet wieder der Duft der Freiheit um die Nase wehte.

»Bitte, benachrichtigen Sie meine Frau«, waren die ersten gestammelten Worte nach seiner Befreiung.

Clementine war stolz auf ihn. Flyingstone aber wehrte jeden Anflug vermeintlicher Heldenhaftigkeit ab; er wusste, dass er seine Freiheit dem Einfluss Cordelias verdankte. Wenn der Engel ihm auch nicht persönlich die Fesseln gelöst hatte wie seinesgleichen im Falle des hl. Petrus, so unterschätzte Flyingstone doch nicht die Beteiligung des Himmels an dieser glücklichen Fügung. Ja, er gewann zunehmend die Einsicht, dass der Himmel am Weltgeschehen mitwirkte, es nicht nur beeinflusste, sondern mitgestaltete – wenn man die Zeichen erkannte und ein gläubiger Mensch war. Alles hatte seine Ursache, jeder Windhauch, jede Welle, jede Veränderung im Leben eines Blattes, einer Blüte, die Helligkeit des Lichtes und die Schwärze der Nacht. Man konnte nüchtern betrachtet naturgesetzliche Regeln als Beweisführung bemühen, gewiss, aber auch den Hauch des Wunders, den Odem einer höheren Kraft, die alles in Gang und Gleichgewicht hielt.

Flyingstone war weder Philosoph noch Theologe. Wie sollte er ohne Schulung eindringen in die Tiefen der Gelehrsamkeit und des Wissens, und sonderbarerweise verlangte auch ihn jetzt danach. Er sah, was er erlebte, von wechselnden Warten, von Stufen, die sich veränderten, die hinaufführten zu höheren Einsichten und Erkenntnissen. Es kam ihm vor, als stände er auf einer Leiter und überblicke das Land von einer immer höheren Sprosse aus. Darin offenbarte sich seine staunende Lebensweisheit, die sonderbar genug war und zuweilen einfältig, zumindest aber ungeübt und ungeschult nach den Gesetzen der Denker.

Daran gab es für ihn nichts zu deuteln, nichts zu rütteln: Der Engel hatte seine schützenden Flügel über ihn gehalten in den dunklen Stunden der Gefangenschaft, während er als Geisel in dem muffigen Hotelzimmer gefesselt war, und er hatte ihm zu den Ideen und Gedanken und dem unerlässlichen Mut verholfen, der ihn seinem Wächter entgegentreten ließ. Freilich, darüber sprach Flyingstone nicht, weder zu den Polizisten noch Reportern, und auch zu Clementine nur andeutungsweise, denn er wusste, dass sie noch fester werden musste in dem gerade erstarkenden Glauben an höhere Wesen, obgleich seine Frau in den vergangenen Wochen in ihrer Denkweise erstaunliche Fortschritte erzielt hatte.

Im Büro feierte man ihn. Mr. Kennedy ließ Flyingstone zu sich kommen, um ihm die Glückwünsche des Stadtplanungsamtes auszusprechen und um ihm zu seiner Tat zu gratulieren. »Mut bewiesen. Haltung bewahrt. Drei Bankräuber zur Strecke gebracht. Tatkräftige Mithilfe.« Flyingstone vernahm die Worte, sie prallten wie Wellen gegen einen Felsen. Stoß- und ruckweise nahm er ihre Bedeutung auf. Seine Gedanken segelten durch unendliche Räume, und er hatte Mühe, sie einzufangen. »Wenn alle Mitarbeiter unseres Hauses diese Verpflichtung der Öffentlichkeit gegenüber und diese Einstellung zum Staat aufweisen würden«, hörte Flyingstone den Vorgesetzten aus der Ferne salbadern, »sähe es in unserer Gesellschaft anders aus. Sie waren auf das Gemeinwohl bedacht, deshalb gebührt Ihnen unsere Hochachtung und unsere aufrichtige Bewunderung.«

Es wird Zeit, überlegte Flyingstone, dass ich an meine Pensionierung denke.

Eine Zeitschrift schlug vor, Flyingstone zum ›Mann des Jahres‹ zu küren, jedoch er winkte ab, verbat sich schließlich jede Einmischung in seine Privatsphäre und hatte nur einen Wunsch – in Ruhe gelassen zu werden.

Aber das war freilich nicht ohne weiteres möglich. Wer Aufsehen erregte und im Rampenlicht stand, konnte sich nicht einfach aus dem Staub machen; er hatte dieser Gesellschaft gegenüber einige Verpflichtungen, und Flyingstone erlebte mit staunender Verwunderung und wachsendem Unbehagen, wie er für alle möglichen Zwecke eingesetzt und ausgenutzt werden sollte. Es meldeten sich Werbefachleute, Manager, Vertreter großer Firmen bei ihm und schlugen ihm allerlei dubiose Geschäfte vor. Die Gesellschaft ›Vereinigter Milchproduzenten‹ legte ihm nahe zu versichern, seine Kühnheit bei der Überwindung der Bankräuber sei in erster Linie auf den regelmäßigen Genuss von Milch zurückzuführen, die ihn in den entscheidenden Minuten zu ungewöhnlichen geistigen Kraftanstrengungen befähigt habe. Das ›Konsortium zur Bekämpfung des Nikotingenusses‹ suggerierte ihm, nur als Nichtraucher habe er dieses heldenhafte Verhalten an den Tag legen können, und eine religiöse Erweckungsbewegung schrieb die Überwindung des Bösen dem direkten Eingriff des Himmels zu.

Hierzu sagte Flyingstone nicht gleich nein. Alle anderen Anwerbeversuche wies er entschieden zurück. Zwar missbilligte er die Art, wie Sekten um Mitglieder warben, wie auch sie den Bereich des Spektakulären, des Sensationellen für ihre Zwecke missbrauchten, die Mitwirkung des Himmels an seiner Befreiung aus tiefer Not konnte und wollte Flyingstone allerdings nicht leugnen. Er gab schließlich ein wenig widerwillig sein Einverständnis zur Teilnahme an einem einminütigen Werbespot und bereute bald, die Zusage gegeben zu haben, denn die Art und Weise seiner Vereinnahmung widerstrebte ihm.

Er hatte nicht die Absicht, das Geheimnis der Engelerscheinung für jene tausend Pfund preiszugeben, die ihm für seinen Bericht geboten wurden, und argumentierte, dass dies eine Privatoffenbarung von unermesslicher Gnade sei, die er zwar nie verdient und der er sich auch nicht würdig erwiesen habe, die er jedoch in Demut annehmen wolle, ohne daraus Kapital zu schlagen. Die Vertreter dieser Religionsgemeinschaft widersprachen, versuchten ihn vielmehr davon zu überzeugen, wie wichtig sein öffentliches, persönliches Zeugnis sei, – die sündige, verderbte und dennoch suchende Welt brauche solche Dokumentationen der Gnadenerweise und der inneren Umkehr. Flyingstone verließ schließlich voller Wut das Büro der Missionierungsgesellschaft und beschloss, von nun an auf keine Angebote mehr zu reagieren.

Er zog sich eine Weile aus der Öffentlichkeit zurück, obgleich die Welt ihn suchte. Die Welt der Unruhe, der Ungeduld, der Aktionen; die Welt, die immer in Bewegung war und nicht stillhalten konnte, die der Tiefe verlustig gegangen war – diese Welt suchte ihn und stöberte ihn auf, wohin er auch ging. Er erhielt Einladungen zu Diners, zu Galaabenden, zu Festvorträgen, das Rampenlicht folgte seiner Spur, und es wäre ein Leichtes gewesen, sich in seinem Schein zu sonnen, allein, Flyingstone wollte nicht.

Er unternahm mit Clementine eine Reise, nicht weit, er verließ nicht einmal die Insel, sondern wählte einen ruhigen Landstrich, dort, wo die fetten Wiesen in die leicht geschwungenen Hügelketten der Wälder übergehen. Dorthin zogen sich die beiden zurück. Sie wanderten oft, schliefen lange, stählten die Nerven, kamen miteinander ins Gespräch. Es öffnete ihre Herzen wie Blumen unter der Flut des Lichtes, sie sagten sich Dinge, die sie sich als Jungverliebte gesagt hatten, suchten sich die Wünsche gegenseitig von den Lippen abzulesen und überschlugen sich fast vor Aufmerksamkeit und Rücksichtnahme. Sie holten vergessene Flitterwochen nach, befanden sich auf verspäteter Hochzeitsreise, aber es war eine Reise erwachsener, reifer Menschen, die in dem Bewusstsein aufgebrochen waren, dass sie zwar für alle Zeit zusammenbleiben würden, dass diese Zeit jedoch nicht mehr so endlos war, wie sie sie als junges, verliebtes Paar empfunden hatten.

Clementine sprudelte über vor Wissen. Sie besaß einen Schatz an Geschichten, den sie auf der Suche nach Gottes

Boten im Bekanntenkreis, bei Freunden, in Büchern aufgestöbert hatte. Immer wieder war sie auf Erscheinungen von Engeln gestoßen. Sie hatte das Gehörte mit dem Angelesenen, das Erzählte mit dem Überlieferten verglichen, und das Mysterium der Offenbarungen war größer und größer geworden, fast nicht mehr fassbar für einen kleinen Menschenverstand. Sie war bei Johann Peter Eckermann auf eine Stelle seiner Aufzeichnungen der Gespräche mit Goethe in dessen letzten Lebensjahren aufmerksam geworden, wo es hieß: »Dergleichen liegt sehr wohl in der Natur, wenn wir auch dazu nicht den rechten Schlüssel haben. Wir sind von einer Atmosphäre umgeben, von der wir noch gar nicht wissen, was sich alles in ihr regt und wie es mit unserm Geist in Verbindung steht. So viel ist wohl gewiss, dass in besonderen Zuständen die Fühlfäden unserer Seele über ihre körperlichen Grenzen hinausreichen können und ihr ein Vorgefühl, ja auch ein wirklicher Blick in die nächste Zukunft gestattet ist.«

Den rechten Schlüssel …sinnierte Flyingstone. Und er dachte an das Märchen, das nicht zu Ende geschrieben worden war, und an seine Enkelin Nicole, der er dieses Märchen eigentlich hatte erzählen wollen. Er rief sich ins Gedächtnis zurück, dass dieses Märchen selbst für ihn zu schwer gewesen war und dass er dessen Bedeutung wohl erst am Ende seiner Tage erfahren würde, weil sich Rätsel auftun, die sich auf Erden nicht lösen lassen, und goldene Schlüssel, für die es auf dieser Welt keine Schlösser gibt …

Er las viel in den Tagen, bevor Margaret und Nicole zu Besuch kamen. Die Kunstgeschichte, die Literatur lieferten endlose Beweise der Existenz von Engeln. Er schätzte die Kindheitserinnerungen des ostjüdischen Dichters Isaac Bashevis Singer, der an einer Stelle die Feierlichkeit des Sabbatabends in Worte fasst: »Unsere Wohnung war zu dieser Stunde ganz erfüllt vom Geiste Gottes, von Engeln und von

Geheimnissen, von einer eigenartigen Sehnsucht und einem Verlangen, wie sie niemand beschreiben kann ...«

Flyingstone beschäftigte sich mit Saul Bellow, in dessen Werk er der Steinerschen Engellehre begegnete, ohne freilich befriedigt zu sein. Dafür fand sein Herz eher Ruhe bei der Lektüre von Märchen, in denen Engel eine Rolle spielen, von Volksliedern, deren Sprache klar und selbstsicher von ihnen redete. Er traf bei Dante auf Engelbeschreibungen und hörte, dass der bekannte Theologe Romano Guardini dem Engel in Dantes Werk ein eigenes Buch gewidmet habe. Die Zeitgenossen Paul Gerhardt und Paul Flemming hatten Engel in ihren Liedern besungen. Er stieß auf Namen, die er vorher nicht gehört hatte und die ihm nicht viel sagten, wie Paul Valery, Kafka, Paul Claudel, Georg Trakl und Else Lasker-Schüler, Alfred Döblin und Gertrud von Le Fort, Stefan George und Rainer Maria Rilke – die meisten von ihnen hatten in Deutschland gewirkt. Man verwies ihn auf ein großartiges Werk von Alfons Rosenberg, dessen tiefe Symbolkenntnis und religiöse Erfahrung sich mit kunsthistorischen und kulturgeschichtlichen Betrachtungen mischen und ein eindeutig klares Bekenntnis zur Engelpräsenz bedeuten.

Flyingstone bemühte sich um eine Abbildung der ersten christlichen Engeldarstellung aus der Priscilla-Katakombe in Rom, er fand Abbildungen in Bildbänden unterschiedlicher Couleur, Motive aus Santa Maria Maggiore und von den Mosaiken in Ravenna. Der Straßburger Engelpfeiler wurde von Kunstkennern gerühmt, weil hier einer der Höhepunkte des mittelalterlichen Engelbildes erreicht war. Die Gotik gebar den Typus des Kinderengels, Giotto malte die Boten Gottes erstmals als weibliche Wesen. Die Renaissance griff auf antike Darstellungsformen zurück, zugleich vollzog sich in der Abbildung der Gottesmutter ein Wandel: Aus der fernen, thronenden, strengen Frau wird die menschenverbundene

Königin, die Mutter des göttlichen Kindes mit jugendlichem Antlitz. – Die Frührenaissance schon formte den Gedanken von der Leiblichkeit als adäquaten Ausdruck des Geistes – was zu lebhaften, blühenden Engelbildern führte. Das Medium der Schönheit als Bild für die Gegenwart des Göttlichen ersetzte das Sinnbild, dessen sich die romanische und gotische Kunst bediente. So tauchten die Gesichter der griechischen Götter in Menschengestalt als Ausdruck der Vollkommenheit in der Malerei der Renaissance wieder auf und beflügelten die Künstler, die sich dem Engelthema widmeten. Der Barock zog sich ernsthaft auf Darstellungen in der Heiligen Schrift zurück, doch zugleich prägte er eine erotische Ausdrucksform – der Geist der Aphrodite und des Eros kehrte aus der Antike wieder. Spätere Jahrhunderte haben im Rückgriff auf vergangene Zeiten keine feste Form der Engelbilder mehr gefunden. Romantische, kitschige und künstlerisch hochwertige Ausdrucksweisen wechselten einander ab. Ernst Barlach oder etwa die Bildwelt Marc Chagalls durchbrachen den Trend, dem möglicherweise die Verbindung zum Ursprung und Wesen des Engels fehlte.

Romano Guardini fällte das vernichtende Urteil: »Wer sehen will, was sie – die Engel – eigentlich sind und wie sie im christlichen Dasein stehen, muss das meiste vergessen, was die Kunst der letzten fünf bis sechs Jahrhunderte – von der Andachtsindustrie nicht zu reden – hervorgebracht hat und sich zuerst durch das Alte Testament belehren lassen …«

21

Flyingstone träumte in letzter Zeit in verstärktem Maße, das heißt, er entsann sich des Morgens verschiedener bruchstückhafter Träume, ohne sagen zu können, ob er nicht tatsächlich jede Nacht von Bildern heimgesucht wurde, denn viele Erinnerungen versinken im Wachzustand bekanntlich wieder in die Welt des Unterbewusstseins, aus dem sie nachts aufgestiegen sind. Er maß diesen Vorgängen nun besondere Bedeutung zu, mehr jedenfalls, als er ihnen früher an Aufmerksamkeit gewidmet hatte. Er stieß in der Bibel auf die Geschichte des ägyptischen Josephs, wie er dem Pharao die Träume deutete und erkannte, dass durch Träume bestimmte Ereignisse angekündigt werden und dass sie Vorboten guter und gefahrvoller Ereignisse sein können. Der Spruch ‚Den Seinen gibt's der Herr im Schlafe' war nicht eine lockere Redensart, sondern Ausdruck tiefer menschlicher Erfahrung.

Ein Traum kehrte in der nächsten Nacht noch einmal wieder, wiederholte sich dann in der darauffolgenden Woche abermals, ohne seinen Inhalt zu verkürzen oder zu ergänzen. Flyingstone ging im Traum durch die Straßen der Stadt, die von vorweihnachtlichem Kerzenlicht überflutet war. Kränze und Girlanden aus Glühbirnen schmückten die Häuserfassaden, die Plätze und gar die entlaubten Bäume, aber trotz der sich drängenden kauflustigen Menschen vernahm er nicht ein Sterbenswörtchen. Es war ihm, als bewege sich eine endlose Schar sprachloser Männer und Frauen neben- und gegeneinander, sie schoben und liefen, wichen aus und überholten, jedoch hatten sie keinen Blick füreinander. Jedermann schien mit sich selbst und seinen Einkäufen beschäftigt zu sein. Sie kauften, schleppten Taschen und Pakete und trugen schwer an den Lasten, eilig und eifrig wie ein Heer quirlender Ameisen. Weil sie so schwer zu tragen hatten und darauf bedacht sein mussten, im Straßenverkehr mit niemandem zusammenzustoßen, blickten sie sich nicht an und ›erkannten‹ einander nicht. Sie sahen nicht die Traurigkeit im Gesicht der Einsamen, nicht die Leere im Gesicht der Enttäuschten, nicht die Tränen im Gesicht der Armen, nicht die Hoffnungslosigkeit im Gesicht der Ziellosen.

In diesen Tagen, kurz vor Weihnachten, sollten wir die Gesichter unserer Mitmenschen etwas näher ansehen, suggerierte der Traum. In einer der sternklaren Nächte vor dem Fest des Friedens und der Versöhnung steigt nämlich ein Engel, ein Sendbote Gottes, vom Himmel herab und bringt das Lächeln zurück, das die Menschen im Laufe des Jahres verloren haben. Ohne dieses Lächeln kann es nicht Weihnachten werden.

Deshalb muss jeder einen Augenblick stehen bleiben und den erstbesten Menschen, der ihm begegnet, freundlich anschauen. Dann nämlich blüht ein kleines Lächeln auf in seinem Gesicht, und vielleicht gibt er es weiter wie eine Stafette oder einen Lichterkranz, der alles erhellt.

Ein Licht strahlt auf in der Finsternis ... Das Bild war nicht ohne Faszination, nicht ohne Sinngehalt. Ein schöner Vergleich. Aber der Traum wollte ja mehr bezwecken als nur Empfindungen wecken. Flyingstone wusste, dass weder dieser Traum noch die vorigen ihm zur Zerstreuung, sondern zur Beherzigung und zum Handeln geschickt waren. Er hatte lange gebraucht, um das zu erkennen. Es war ihm ähnlich ergangen wie dem jungen Samuel, der im Tempel diente und den der Herr dreimal des Nachts rief, ohne dass Samuel zunächst wusste, dass Jahwe es war, der nach ihm verlangte. Samuel hatte gemeint, Eli habe ihm seine Wünsche mitteilen wollen. Ja, so führten Umwege zum Ziel. Wo aber war das Ziel, wo lag die Bestimmung dieser Träume und Bilder …?

Den Mitmenschen freundlich anschauen und warten, dass er lächelt, und hoffen, dass er das Lächeln weitergibt an den Nächsten, der ihm begegnet und bei ihm stehen bleibt? Gewiss, das Lächeln konnte zu einer Lichterkette werden – aber auch bei den Einsamen, den Trauernden, den Enttäuschten, den Ziellosen, die nicht wussten, wohin?

Konnte unter dem Lächeln nicht auch eine konkrete Forderung verstanden werden? Eine Tat? Ein gutes Werk? Natürlich, Flyingstone hatte manches geplant, vieles verworfen, von dem er meinte, es erfülle das Gebot der Nächstenliebe. Allein, seine Schritte waren zu groß gewesen, er musste behutsam und gleichmäßig vorwärtsgehen; nicht Aktionen sollte er starten, keine Organisationen gründen, sondern seine Hände gebrauchen, seine eigenen schwierigen Hände, die zwar Lineale und Zirkel, Bleistifte und Tabellen handhaben konnten – jedoch so ungeschickt waren in den Notwendigkeiten des Alltags: zu helfen und zuzupacken dort, wo sich Not offenbarte, statt nach einem Wort des Mitleids seiner Wege zu gehen …

Flyingstone seufzte. Sein Leib war schwer und unbeweglich gegenüber diesen Forderungen. Er war zu sehr gewöhnt an die Bequemlichkeiten und Annehmlichkeiten eines geregelten Feierabends. Das Dämonische in der Welt hatte sein Ziel erreicht: die Trägheit des Geistes.

Flyingstone stieß bei seiner abendlichen Lektüre auf eine Erzählung, die eher ein modernes Märchen war, voller Hintergrund, Erfahrung und Weisheit. Am Tag vor Margarets und Nicoles Anreise schnitt er sie aus der Zeitschrift und legte sie beiseite, denn er war der Ansicht, dass seine Enkelin die Geschichte durchaus verstehen würde, wenn der Großvater ihr sie vorlese, nein, besser mit eigenen Worten erzähle. Sie trug den

Titel »Das Kind mit den großen Händen« und passte nahtlos in die Visionen und Traumbilder der jüngsten Zeit, die ihm, Henry Flyingstone, die Notwendigkeit der Nächstenliebe und des Daseins für die Mitmenschen erschlossen hatten. Er las:

»Es war einmal ein Kind, dem mangelte es an nichts. Was es sich auch wünschte und wonach es verlangte, die Eltern trachteten, es ihm zu erfüllen. Denn sie sagten sich: Unser Kind soll es einmal besser haben als wir. Sie stammten aus armem Hause und hatten die Not hautnah zu spüren bekommen. Dank des Fleißes des Vaters und der Opferbereitschaft der Mutter hatten sie es zu einem gewissen Wohlstand, ja, bescheidenen Reichtum gebracht, und davon gaben sie ihrem Kind, wann immer es einen Wunsch äußerte.

Das Kind hatte viele Wünsche. Wenn es mit den Eltern durch die Straßen der Stadt ging und in den Schaufenstern die köstlichen Süßigkeiten und schönen Spielsachen sah, streckte es seine Hand aus und sagte nur: ›Dies!‹ oder ›Das!‹ Und schon betraten Vater und Mutter den Laden, um das Gewünschte zu kaufen. In seinem Kinderzimmer war bald kein Platz mehr für die vielen erfüllten Wünsche.

Das ging so manches Jahr. Das Kind wuchs heran, aber schneller als seine Gestalt wuchsen seine Hände. Ja, sie schienen gleichsam in einen Wettlauf des Wachsens getreten zu sein. Schließlich vergrößerten sie sich von Tag zu Tag um einen Millimeter; man kann sich leicht ausrechnen, wie viel sie von Monat zu Monat an Größe zunahmen. Es dauerte nicht lange, da berührten die Fingerspitzen die Kniekehlen, und bald konnte das Kind seine Schuhe im Stehen öffnen.

Die Eltern waren über die Entwicklung ihres Kindes recht besorgt. Sie suchten einen Arzt nach dem anderen auf, um sich raten zu lassen. Die Ärzte untersuchten das Kind vom Kopf bis zu den Füßen, aber keiner konnte die Ursache des schnellen Wachstums erklären.

Die Leute in den Straßen blickten verwundert auf das Kind mit den großen Händen, manche starrten ihm nach, und einige lachten sogar. So große Kinderhände hatte bisher niemand von ihnen gesehen. Das Kind schämte sich seiner gewaltigen Gliedmaßen, es hielt die Hände oft auf dem Rücken verschränkt, damit sie niemand sähe, und nur wenn es einen Wunsch hatte, sich ein Spielzeug oder irgendeine Süßigkeit wünschte, nahm es die rechte Hand nach vorn und zeigte: ›Dies!‹ oder ›Das!‹

Schließlich kam das Kind in ein Krankenhaus, wo es viele Wochen zubringen musste. Die Ärzte beobachteten das Wachstum seiner Hände, forschten und stellten Versuche an, jedoch die Ursache des Leidens entdeckten sie nicht. Seltsamerweise kam aber das ungewöhnliche Wachsen mit der Zeit zum Stillstand, ohne dass sich ein erkennbarer Grund dafür abgezeichnet hätte. Kaum war das Kind jedoch aus dem Krankenhaus entlassen und wieder mit seinem gewohnten Tagesablauf vertraut, da begann wieder das unerklärliche Zerren in den Gliedmaßen, das Dehnen und Strecken, für das niemand eine Erklärung finden konnte. Handfläche und Fingerspitzen reichten nun fast bis auf den Erdboden hinab, und das Kind musste Acht geben, sie beim Gehen nicht zu verletzen.

Die besorgten Eltern wussten sich keinen Rat mehr. In ihrer Verzweiflung erfuhren sie von einem alten, weisen Mann, der weit von der Stadt entfernt am Rande eines kleinen Dorfes lebte.

Der Weise hörte sich die Geschichte von den rasch wachsenden Händen sehr genau an und dachte lange darüber nach. Schließlich sagte er: ›Die Wurzel allen Übels und aller Krankheit liegt im Menschen selbst. Euer Kind hat etwas sehr Wesentliches nicht gelernt, und vielleicht ist es überhaupt das Wichtigste, was ein Mensch lernen kann: das Geben! Es hat eine Unzahl von Wünschen ausgesprochen und daher immer nur genommen. Je größer und zahlreicher seine Wünsche wurden, um so schneller sind seine Hände gewachsen. Wie große schöpfende Schalen sehen sie nun aus. Aber es sind Gefäße, die nur nehmen und nicht geben können, die gierig raffen und nicht verteilen. Ihr habt eurem Kind viel geschenkt – aber das Wichtigste versäumt. Es muss nachholen, was ihr ihm zu vermitteln nicht imstande wart.‹

Darauf sagten die Eltern: ›Aber wir haben doch immer das Beste für unser Kind gewollt. Unser Kind sollte es einmal besser haben als wir in unseren Kindertagen.‹

›Wer das Leben lehrt, muss auch seine Not lehren und die Hilfe, die andere nötig haben‹, entgegnete der Weise. ›Habt ihr nicht beides in jungen Jahren erfahren?‹

Und der Weise blickte die Eltern lange nachdenklich an, und seine Augen wurden schwer vor Traurigkeit. Endlich fuhr er fort: ›In dem Maße, wie euer Kind lernt zu geben, werden seine Hände ihre Unförmigkeit verlieren und wieder klein und demütig werden. Denn Demut ist ›Dien-Mut‹, das heißt: Mut zu dienen – und gibt es eine schönere Aufgabe für Hände als diese?‹

Jetzt geht durch die Stadt und achtet auf Menschen, die ihre Hände verborgen halten und sie verstecken, weil sie zu groß geworden sind. Oder besser: Betrachtet eure eigenen Hände, ob sie nicht ein klein wenig zu groß geraten sind …« –

Henry Flyingstone verließ unzufrieden das Büro. Er verabschiedete sich rasch von Katerbill-Joe; es war ihm nicht nach Unterhaltung zumute. Wie üblich hatte die soeben beendete traditionelle Weihnachtsfeier bereits vor dem vierten Adventssonntag stattgefunden, mit Festreden und Punsch, mit einem Rückblick auf das sich neigende Jahr, dessen Erfolg statistisch erfasst und anhand einer sich langsam nach oben bewegenden Linie auf den Schautafeln dargestellt war. Die Stadtverwaltung, repräsentiert durch ihre obersten Vertreter, schien zufrieden. Flyingstone hatte eine öffentliche Belobigung für den von den Kontrahenten angenommenen Kompromissvorschlag im Kreuzungsbereich Westtangente erhalten – aber von Herzen freuen konnte er sich nicht darüber. Es gibt Wichtigeres auf der Welt, dachte er, es war nur so schwer, es zu tun …

Vom Sinn von Weihnachten war indes in der Weihnachtsfeier kaum ein Hauch zu spüren gewesen. Man hätte sie ein ‚Bilanzfest' nennen sollen, überlegte Flyingstone, oder das Fest der Selbstbelobigung, bei dem sich die Abteilungsleiter anerkennend auf die Schultern klopften. Keine Silbe vom Lukasevangelium, kein Wort von Frieden, kein Ton eines echten Weihnachtsliedes.

Keine Spur von einem Engel, durchzuckte es Flyingstone. Betlehem war weit, lag außerhalb der Verwaltungshoheit und des Tätigkeitsbereichs. So erwarteten die Menschen wohl auch keine Friedensbotschaft und keine Wegweisung, aufzubrechen nach einem kleinen, abgelegenen, armseligen Stall, wo ein Kind geboren sei, Gottes Sohn, der Messias, der Friedensfürst, Emanuel – das Heil der Welt … Welche hohen Erwartungen setzte man in dieses Kind. –

Flyingstone hatte gestern ein anderes Kind gesehen, als er mit Clementine Weihnachtseinkäufe erledigte. Sie hatten beschlossen, sich diesmal keine großen Geschenke zu machen; lediglich ein paar Aufmerksamkeiten für Margaret als Gratulation zu ihrem bestandenen Examen, und natürlich für Nicole, die geliebte Enkelin, gedachten sie einzukaufen. Als sie auf eine Tasse Tee ins Kaufhausrestaurant gegangen waren, hatten sie das Kind bemerkt. Es war behindert, schwerbehindert. Die Mutter führte es fest an der Hand. Sein Schritt trunken vor Ziellosigkeit. Ein Stuhl stand im Weg, das Kind stolperte steif vorbei. Mit Geräuschen, die die Umwelt aufblicken ließen, ging der Junge in die Knie.

Er saß am Boden, mitten zwischen abgestellten Einkaufstüten, er schlug mit den Fäusten gegen Papier- und Plastikbehältnisse. Seine Mutter sprach sanft und leise auf ihn ein, hundert Augen im Nacken. Das Kind stand nicht auf, es hockte auf seinem Platz, den es verteidigte wie ein gerade gewonnenes Terrain zum Leben. Sein Gesicht war weltabgewandt. Auf dem Kopf ein lederner Schutz – die Dornenkrone des Anfallkranken.

»Es ergeht ihm wie dem Kind von Betlehem«, sagte Flyingstone leise.

»Wieso?«

»Kaum ist es geboren – muss es schon unter das Kreuz.«

Clementine betrachtete ihren Mann überrascht. »Du hast einen eigenartigen Blick für die Dinge bekommen, Henry. Du denkst die Gedanken – deines Engels.«

Flyingstone schüttelte den Kopf. »Weit gefehlt, Clementine. Ich bemühe mich nur, alles im Zusammenhang zu sehen. Warum die Dinge so sind – und die Menschen, verstehst du? Alles hat seine Ursache, aber auch seine Bestimmung.«

Er nahm nicht bewusst wahr, was Clementine darauf erwiderte, er hatte nur Augen für das Kind. Der Junge saß noch immer am Boden, und seine Mutter mühte sich vergeblich, ihn zum Aufstehen zu bewegen. Hundert Augen im Nacken, hundert Hände, die sich nicht regten, die gichtsteif auf den Tischen ruhten, nicht eingriffen, nicht halfen.

Flyingstone beugte sich nieder zu dem Kind. Seine besänftigenden Worte stiegen leise und heiser aus seiner Kehle. Das Kind unterbrach einen Augenblick seine Beschäftigung, gegen die Einkaufstaschen zu trommeln. Es sah irritiert und starr zu ihm auf.

»Komm, ich setze dich hier auf einen Stuhl«, lächelte Flyingstone.

Der Junge begann zu weinen, er strampelte, fremde Zugriffe

war er nicht gewohnt. Flyingstone sah erschrocken in das gerötete Gesicht seiner Mutter.

Sekundenlang begegneten sich die Augen. Die Wunder der Schöpfung rauschten vorbei in dieser Zeit. Dreihunderttausend Kilometer jagt das Licht in einer Sekunde um die Welt … Auf dem Fußboden des Kaufhauscafés blieb die Zeit eine ewige Schrecksekunde. Schweiß stand im Gesicht der Frau.

»Lassen Sie, er weiß es nicht besser. Er kennt nur mich, verstehen Sie?«

Blicke wie Pfeilspitzen aus allen Richtungen, abgeschossen aus hundert Augenwinkeln. Sie trafen die Mutter mit ihrem Kind, sie hefteten sich auf Flyingstone. Eine Mischung aus Mitleid und Unbehagen.

Neue Gäste betraten den Raum, machten einen Umweg. Die Bedienung wusste nicht, wie sie sich verhalten sollte. Ihr Lächeln war sortengemischt wie das weihnachtliche Gebäck in der Vitrine. Die Situation war ihr peinlich. Flyingstone, noch immer über das Kind gebeugt, spürte es. Warum? dachte er, warum muss ein behindertes Kind ein Außenseiter in unserer Gesellschaft sein? Empfindet denn niemand diesen Augenblick? Der Augenblick ist Golgota, und das Kreuz ist aufgerichtet zwischen den Stühlen eines Kaufhausrestaurants.

»Komm, lass ihn, er will nicht«, sagte Clementine und zeigte auf den Jungen. »Mach es nicht noch schlimmer, als es ohnehin ist.«

»Schlimm?«, fragte Flyingstone und reckte sich auf.

Die Mutter versuchte, ihr Kind aufzuheben. Es war schwer. Zentimeterweise schob sie es an die Sitzfläche eines Stuhls heran. Der Junge strampelte. Die Entfernung zwischen Fußboden und Stuhl verringerte sich mühsam unter Zureden, Zerren und Zufassen. Flyingstone fühlte sich hilflos mit zwei linken Händen. Endlich! Geschafft! Der Junge saß am Tisch. Sein Gesicht mit der Dornenkrone war leicht vornübergeneigt.

Er nahm die Welt nicht mehr wahr – und doch trug er die Welt. Flyingstone entsann sich der Worte, die der Engel beim Anblick des Krankenhauses gesagt hatte: ›Alle diese Menschen tragen ein Stück des Kreuzes Christi, falls du begreifst, was ich meine.‹ Flyingstone hatte es damals nicht begriffen …

Die Mutter des behinderten Kindes atmete heftig. Schweiß stand ihr im Gesicht. Das Ende der Schrecksekunde zeichnete ein Stück Erlösung auf die zerfurchte Stirn. Wie viele Schrecksekunden mochte der Tag für sie haben …?

»Ich möchte Ihnen danken«, flüsterte die Frau. Flyingstone, der inzwischen an seinem Platz saß, erhob sich unschlüssig. »Weshalb? Ich habe nichts …, nichts getan.«

»Doch«, nickte die Frau. »Sie waren der erste Mensch, der mir hat helfen wollen. Und das ist …, ist wie getan. Dafür möchte ich Ihnen von Herzen Dank sagen.«

»Haben Sie denn niemanden, der Ihnen sonst – hilft?« fragte Clementine. Flyingstone war dankbar für diese Frage. Wie gut, dachte er, dass Frauen meist an das Praktische denken.

»Nachdem mein Mann erfuhr, dass unser Kind schwer hirngeschädigt ist, hat er mich verlassen«, antwortete die Mutter des Jungen kühl.

»O, das tut mir Leid. Bitte, wollen Sie nicht Platz nehmen an unserem Tisch?« Clementine machte eine einladende Handbewegung. Flyingstone sah die Frau an, bis die Überraschung und Unschlüssigkeit aus ihrem Gesicht gewichen waren, dann blickte er dankbar auf Clementine. Mein Gott, dachte er, während er die Stühle zurechtrückte, in einer Sekunde jagt das Wunder der Schöpfung, das Licht, dreihunderttausend Kilometer durch die Welt. Und wir mühen uns um kleine, bescheidene Schritte auf dem Weg hin zu den namenlosen Menschen …

22

»Ich möchte dir danken, Cordelia«, sagte Flyingstone. »Du hast einen Menschen meinen Weg kreuzen lassen, und ich habe sein Leid erkannt.«

»Ich habe nicht viel dazu beigetragen«, erwiderte der Engel. »Ich habe vielleicht die Richtung bestimmt – aber gegangen, auf das Ziel zugegangen, Henry, bist du. Ich finde es übrigens großartig, dass Clementine und du die Frau mit dem behinderten Kind zu Weihnachten zu euch eingeladen habt. Du wirst sehen, es wird ein Fest des Friedens für euch werden.«

»Ich hoffe es«, nickte Flyingstone. »Clementine meint, der behinderte Junge, Robert heißt er, würde möglicherweise einige Scherereien machen, er ist …«

»… ein Geschöpf Gottes, ganz richtig«, unterbrach ihn der Engel sanft. »Das wolltest du doch gerade sagen, nicht wahr?«

Flyingstone biss sich auf die Lippen. Dass ich immer wieder in die alten Gewohnheiten zurückfalle, in die Vorbehalte und ‚Wenn' und ‚Aber' und in die verdammten Einwände, die unser kleiner Verstand wie Hürden aufbaut, statt sich auf das Wunder der Liebe einzulassen, die alle Mauern überspringt …

»Du hast Recht«, bestätigte Cordelia, die in Henrys Gedanken genau Bescheid wusste. »Der Mensch denkt in bequemen Bahnen, das nennt er logisch. Er will für alles Garantien und vor allem Sicherheit. Wer lässt sich fraglos und unvoreingenommen auf seine Mitmenschen ein …?«

»Ich muss noch viel lernen, Cordelia. Bleibt mir die nötige Zeit dazu?«

Der Engel schwieg eine Weile. »Selbst wenn du nur noch eine Stunde zu leben hättest, mein Freund, sie würde ausreichen, um dir alles Wissenswerte und Notwendige der Welt beizubringen, wenn du bereit bist. Du weißt, Henry, – es ist die Liebe.«

Flyingstone grübelte. Er war in seinem Herzen glücklich und fühlte sich dennoch müde. Er hatte Angst, zu spät zu kommen, und wusste dessen ungeachtet nicht, wo man ihn zu welcher Stunde erwartete. Es war ein Augenblick der Ratlosigkeit, wie er ihn schon oft erlebt hatte, aber die früheren Phasen hatten äußeren Anlässen gegolten, und jetzt trafen sie eine innere Verfassung, die er noch klären musste.

»Schau einmal – dort vorn«, sagte Cordelia und wies mit der rechten Hand auf einen jungen Mann, der vor einem der Schaufenster stehen geblieben war und die Auslagen betrachtete.

»Was ist mit ihm?«, fragte Flyingstone. »Hat er etwas ausgefressen?«

»Im Gegenteil«, erwiderte der Engel. »Er ist ein … – nein, das sollst du selbst herausfinden.«

»Warum? Weshalb machst du es so spannend?«

»Ich möchte, dass du selbständig handelst, Henry. So wie im Fall des Jungen und seiner Mutter, die Weihnachten eure Gäste sind.«

»Wenn du meinst … Cordelia, eigentlich wollte ich … Ist schon gut. Ich kümmere mich um ihn.«

Der Engel wich ein paar Schritte zurück. »In Ordnung. Ich bleibe in deiner Nähe. Nachher melde ich mich wieder.«

Flyingstone näherte sich vorsichtig dem jungen Mann, musterte ihn unauffällig von der Seite. Er mochte etwa 20 oder 22 Jahre alt sein. Er starrte unverwandt auf eine Stereoanlage, die im Vordergrund des Elektrogeschäftes dekoriert war.

»Guten Abend. Äh, ach, Sie lieben Musik?«, erkundigte sich Flyingstone, nachdem er ebenfalls einen Blick auf die Geräte geworfen hatte, und ärgerte sich zugleich über die

Einfältigkeit der Frage. Eine Stereoanlage war ja nicht zum Kartoffelschälen da.

»Dort, wo ich wohne, bleibt einem nichts anderes übrig, als Musik zu hören oder fernzusehen«, antwortete der junge Mann.

»Hoho, das würde ich nicht so ungeprüft sagen. Wenn man Pläne hat, gute Ideen, kann man sich auch anderweitig beschäftigen.«

»In dem Ort, aus dem ich komme, nicht. Es gibt nur ein paar Häuser. Nicht einmal eine Kneipe ist dort, geschweige eine Kirche. Natürlich gibt es auch keinen Verein.«

Flyingstone fühlte sich herausgefordert. »Aber gewiss kennen Sie eine Reihe junger Leute Ihres Alters. Man kann sich zusammentun und gemeinsam etwas aufziehen.«

»Aufziehen?« Der Gesprächspartner zuckte geringschätzig die Schultern. »Die ziehen abends mit ihren Freundinnen los.«

»Ja, und Sie? Entschuldigen Sie die indiskrete Frage: Haben Sie keine Freundin?«

Der junge Mann schüttelte den Kopf. »Wer mag mich denn schon?«, fragte er. Er ging ein paar Schritte vor dem Schaufenster auf und ab – Flyingstone sah, dass er ein Bein stark nachzog. Eine Welle nie gekannten Mitleids überströmte ihn.

»Zudem leide ich manchmal an Gedächtnisschwund«, ergänzte der andere. »Sie können mir jetzt etwas erzählen, aber es kann sein, dass ich es nach einigen Stunden wieder vergessen habe. Es muss nicht – jedoch es besteht die Möglichkeit.«

»Das sagt meine Frau auch, dass ich an Gedächtnisschwund leide. Vor allem, wenn ich versäumt habe, eine Besorgung zu machen, die sie mir aufgetragen hat.« Flyingstone glaubte, die Situation zu entkrampfen, indem er sich ein wenig lächerlich machte. Allein, er spürte sofort, dass der Vergleich hinkte. Der junge Mann erwiderte nichts, sondern blickte ernst auf das

Stereogerät, als läge hier die Antwort auf seine dringendsten Fragen.

Flyingstone betrachtete ihn. Das Traurigste an seinem Gesicht waren seine Augen. Sie waren wie dunkle Seen, die nie ein Sonnenstrahl traf. Er spürte ihre Sehnsucht – freilich eine Sehnsucht, die unerfüllt blieb. »Na, Kopf hoch, es wird schon werden«, sagte er und legte dem Fremden die Hand vertrauensvoll auf die Schulter.

»Was – soll werden? Wir haben zu Hause eine kleine Landwirtschaft. Mein Bruder und ich. Meine Eltern sind alt und können kaum noch mitarbeiten. Mein Bruder wird bald heiraten. In drei, vier Monaten vielleicht. Natürlich schmeißt er mich nicht raus. Ich darf wohnen bleiben. Aber er gründet eine Familie, bekommt wahrscheinlich Kinder. Der Platz auf dem Hof wird eng, und – ach, warum erzähle ich Ihnen das?«

Flyingstone fehlten die Worte. Er suchte den Trost in seinem Vokabular, kramte nach Beschwichtigungen wie nach einem Taschentuch, er schien zu ersticken an seiner Wortlosigkeit.

»So ein Gerät«, sagte der junge Mann leise und deutete mit dem Kopf auf das Schaufenster, »hätte mir die Zeit etwas vertrieben – vor allem Sonntagnachmittags, wenn die anderen unterwegs sind und ich allein bin. Aber – es ist zu teuer.«

»Zu teuer, so.«

»Ich habe 15 Pfund zu wenig. Ich verdiene nicht viel, wissen Sie? Ich könnte einen Betrag anzahlen und den Rest abstottern … Nein, das geht nicht, ich müsste monatelang für die Raten aufkommen. Aus der Traum. – Danke, dass Sie mir zugehört haben. Gute Nacht.« Der Fremde humpelte davon.

Flyingstone stand wie angenagelt, wollte ihm nachlaufen, rührte sich nicht, etwas nachrufen, brachte keinen Ton über die Lippen. Er vernahm die Stimme des Engels: ›Ich möchte, dass du selbständig handelst‹ – und riss sich aus seiner Starre.

»He, Moment mal, mein Freund! Nur auf ein Wort!«

Der junge Mann blieb stehen und blickte sich verwundert um.

»Ich möchte Ihnen den Restbetrag schenken, die 15 Pfund, verstehen Sie?«

»N … nein.«

»Ist das so schwer zu kapieren? Ich gebe Ihnen das Geld.«

»Sie meinen, Sie leihen …«

»Nein, ich schenke Ihnen … Ich möchte Ihnen … ach, was, hier, warum ist alles nur so kompliziert.«

Flyingstone fingerte nach seiner Brieftasche.

»Das kann ich nicht …, kann ich … nicht annehmen«, stotterte der junge Mann. »Wirklich, das geht nicht. Sie dürfen … nein, ich werde …«

»Da. Kein Wort mehr. Gehen Sie, kaufen Sie sich die Stereoanlage, wenn Ihr Herz schon daran hängt.«

»Nein, nein, so nun auch wieder nicht, Mister. So sehr … Sie haben ja mit mir gesprochen, mir zugehört, das ist mehr, viel mehr. Wozu brauche ich jetzt noch eine solche Anlage? Ist ja viel zu teuer, verstehen Sie? Sie haben mir die Augen geöffnet, ja, das haben Sie. Ich kann reden, mit Menschen wie Ihnen sprechen. Zuhören und dumpf dasitzen – nein, das kann ich als alter Mann. Ich würde viel lieber jemanden haben, der mir zuhört, begreifen Sie? Der etwas erwidert, wenn man fragt, und der rät, wenn man nicht weiterweiß …«

»Sie wollen also auf den Kauf verzichten?«

»Ja. Jedenfalls heute. Sie haben mir gezeigt, dass ich nicht aufgeben, mich nicht zurückziehen muss. Sie haben mit mir ein Gespräch geführt – das ist mir weitaus lieber, als mich – entschuldigen Sie – berieseln zu lassen.«

»O, Musik kann etwas Schönes, kann Erholung und Erbauung sein. Man richtet sich wieder auf, verstehen Sie?«

»Das weiß ich«, beeilte sich der junge Mann zu sagen. »Ich weiß, wie wertvoll gute Musik ist. Ich höre ja Radio. Doch das

Stereogerät, wissen Sie, – es war mehr wegen der anderen, der Kumpel im Dorf, die alle ihre Anlagen haben. Mit Strahlern, Lichteffekten und so. Ich wollte den Anschluss wiedergewinnen, dabei sein, wenn Sie verstehen, was gemeint ist. Ich wollte mitreden können.«

»Verstehe«, nickte Flyingstone, und er dachte einen Augenblick, wie vielen Menschen es ähnlich erginge, dass sie kauften und konsumierten, nur um ja ›dabei zu sein‹.

»Ich mache Ihnen einen Vorschlag, junger Mann. Kommen Sie Weihnachten zu uns! Ja, ich lade Sie ein, wenn Sie die 15 Pfund schon nicht nehmen können. Meine Frau wird gewiss einverstanden sein.«

Die Sprachlosigkeit zeichnete seltsame Linien in das Gesicht des jungen Mannes. Seine traurigen Augen schienen noch größer zu werden, sie füllten sich mit Tränen.

»Sie wollen mich …«

»Ja«, rief Flyingstone. »Bitte, jetzt keine Gefühlsausbrüche. Ich möchte Ihnen etwas schenken, wie Sie verstehen werden, und nun lade ich Sie ein. Sagen Sie ja, wenn Sie noch nichts Besonderes vorhaben, oder nein, was ich ebenfalls verstehe. Ich bin kein Mann der großen Worte. Also, mein Angebot gilt, auch wenn es Ihnen etwas ungewöhnlich vorkommen muss. Ach, wie heißen Sie übrigens?«

»Ron. Ron Clifden.«

»Mein Name ist Flyingstone, Henry Flyingstone. Ich wohne nicht weit von hier. Und wo sind Sie zu Hause?«

Ron nannte einen Ort, von dem Flyingstone noch nie gehört hatte.

»Nun, Sie werden den Weg in die Stadt kennen. Sagen Sie mir nur, ob ich mit Ihnen rechnen kann. Hier ist meine Telefonnummer. Rufen Sie mich bis übermorgen an. Wir haben noch ein paar Gäste. Eine Mutter mit ihrem behinderten Kind, Sam, der Schwiegersohn, Margaret, meine Tochter, und

Nicole, unsere kleine Enkelin. Natürlich Clementine, meine Frau, nicht zu vergessen. Sie werden sich herzlich freuen, Sie zu sehen.«

»Wenn Sie meinen, Mr. Flyingstone, dass ich nicht störe?«

»Sie stören nicht.«

»Ich werde es mir überlegen. Bis morgen. Nein, ich habe es mir überlegt. Ich komme. Holen Sie mich am Heiligabend vom Busbahnhof ab? Um 16.38 Uhr, wissen Sie? Und danke, Mr. Flyingstone! Jetzt wird es Zeit, sonst versäume ich den letzten Omnibus nach Hause.«

Ron Clifden humpelte eilig davon. Dass selbst im Schwung eines steifen Beines so viel Glückseligkeit liegen kann, wunderte sich Henry Flyingstone, während er dem jungen Mann nachblickte. Hauptsache, man entzündet ein Licht in einem traurigen Herzen – und alles ist anders.

23

Das Licht breitete sich explosionsartig aus. Als ob eine energiegeladene Kugel geplatzt sei und ihren Inhalt mit voller Kraft auf die Umgebung verteile, so sprühte die Helligkeit nach allen Seiten. Flyingstone erschrak. Die ganze Straße musste dieses Licht bemerken, niemand konnte es übersehen. Es überstrahlte die Reklameschilder und den leuchtenden Adventsschmuck, die kerzenbesetzten Tannenbäume und die kleinen künstlichen Lichter in den Fenstern. Flyingstone blickte sich um. Die späten Passanten schienen nichts wahrzunehmen, die Autos fuhren, als ob nichts geschehen sei.

»Cordelia«, flüsterte Flyingstone. »Was hast du nun wieder angestellt?«

»Was soll ich angestellt haben? Nichts. Was du siehst, ist der Widerschein der Freude, die du in den letzten Tagen geschenkt hast. Ja, so hell kann es werden, wenn Menschen glücklich sind.«

»Ich … ich habe doch nicht … nicht viel getan.«

»Nicht viel nach deinem, nach menschlichem Ermessen. Es ist nicht mit deinen Maßen abwägbar, das stimmt. Aber vor den Augen Gottes … Ich bin froh, Henry, dass ich deine Wandlung erleben durfte und deine neue Ausrichtung auf ein anderes Leben …«

»So einfach ist das …?«

»Es ist nicht einfach, Henry. Das hast du selbst erfahren. Man braucht erst eine innere Einstellung dazu, bis es einem leichter wird.«

»Aber es macht mir jetzt nichts mehr aus.«

»Schenken, Henry, bedeutet ja auch ein Stück Trennung. Man gibt etwas, was man vielleicht selbst gern erworben und behalten hätte, was einem viel bedeutet, was etwas kostet – auch materiell. Jedoch das Materielle wiegt eigentlich nicht so schwer wie das Ideelle, das, was aus der Seele, aus dem Herzen kommt. Wenn man diese Einsicht einmal zu seiner Lebensweisheit und Lebenserfahrung gemacht hat, ist alles viel einfacher. Ich denke, du hast es gelernt.«

Flyingstone schwieg. Er fühlte sich selig, ausgefüllt, glücklich und meinte doch unverdient, nicht viel dazu beigetragen zu haben. Sich selbst, nein, sich selbst hatte er doch gar nichts gegönnt, nichts gekauft, er hatte gar nicht an sich gedacht, als er die Einladung an Ron Clifden aussprach. Er hatte dessen traurige Augen und dessen hilfloses Gesicht gesehen, den Leidensausdruck in seinen Mienen. Das alles hatte ihn angerührt, als wenn ihn jemand geschüttelt hätte, es hatte ihm einen Stich ins Herz gegeben. – Ja, früher war Henry Flyingstone nicht so feinfühlig gewesen, nicht so sentimental – nein, das Wort passte nicht wie ein Schraubverschluss auf eine Flasche –, nicht so aufmerksam und hellhörig, doch jetzt wuchsen ihm neue, andere Kräfte zu und er empfand sie als bereichernd und stärkend.

»Ich bin dir dankbar – für alles«, sagte Flyingstone leise und sah Cordelia liebevoll an.

»Es wäre mir wohler, du wärst von selbst und ohne mein äußeres Zutun zu dieser Wandlung fähig gewesen, Henry«, lächelte der Engel. »Andere Menschen müssen es auch – und ich bin sicher, es fällt ihnen ebenso schwer. Ich habe Gott lange bekniet, bis er mir erlaubte, mich dir zeigen zu dürfen. Diese Auszeichnung wird nicht jedem zuteil. Eines aber ist gewiss: dass die Schutzengel der Menschen immer in ihrer Nähe sind. Gib diese Erfahrung weiter. Seit Abraham in Mamre vor seinem Zelt in der Mittagshitze drei Engeln in Gestalt von Männern begegnete, hat Gott immer wieder Engel ausgesandt zu den Menschen und sie ihnen zur Begleitung gegeben.«

Sie gingen ein paar Schritte aus dem Lärm der nächtlichen Straße in Richtung Hafengelände, wo sie sich der Gegend näherten, in der sie am Anfang ihrer Begegnung zusammengetroffen waren.

»Bei allen großen Ereignissen der Heils-, oder darf ich sagen: der Menschheitsgeschichte, waren meine Schwestern und Brüder anwesend«, fuhr Cordelia fort. »Erlaube mir, dass ich kurz an die wichtigsten Geschehnisse der jüngeren Zeitrechnung erinnere: Vor der Geburt des Johannes des Täufers erschien der Engel Gabriel dem Zacharias beim Tempeldienst, derselbe Bote Gottes, der Maria von Nazaret die frohe Botschaft brachte. Ein Engel zeigte sich dem Josef im Traum, als er sich in aller Stille von Maria trennen wollte. Ein Engel war Friedensbote auf dem Hirtenfeld von Betlehem und Warner vor Herodes, der das göttliche Kind wollte töten lassen. Nach der Versuchung durch den Teufel dienten Engel dem Gottessohn, und in den Gleichnissen vom Gericht und Ende sind Engel wiederholt im Gespräch. Die Engel freuen sich über einen reuigen Sünder, sie trugen die Seele des armen Lazarus in Abrahams Schoß und bewegten das Wasser am Teich Betesda. Ein Engel tröstete Jesus am Ölberg, ein anderer wälzte den Stein von seinem Grab am Tag der Auferstehung. Engel fanden für die Apostel Worte des Trostes nach der Himmelfahrt des Herrn. Dass einer Petrus aus dem Kerker befreite, Henry, hast du in abgewandelter Form selbst erfahren. Du wirst aber nicht wissen, dass die Geschichte damit noch nicht zu Ende war. Als Petrus nämlich an die Tür jenes Hauses klopfte, in dem seine Schwestern und Brüder versammelt waren, glaubte man nicht an seine Befreiung und meinte, sein Engel stehe draußen ...«

»Das waren wichtige, ja, lebenswichtige Vorgänge«, unterbrach Flyingstone den Engel. »Sie betrafen Gottes Sohn, seine Apostel, Maria und Josef. Jedoch dass ich die Gnade deiner Anwesenheit erfuhr ...«

»Ein Engel des Herrn brachte Philippus mit dem Äthiopier zusammen, und auch die Bekehrung des Hauptmanns Cornelius wurde von einem Engel bewirkt.«

»So wie die Bekehrung des Stadtplanungsamt-Mitarbeiters Henry Flyingstone?«, fragte der Betroffene schnell.

Der Engel lächelte. Das Licht, das von ihm ausging, überflutete auch Henry Flyingstone. Es durchdrang und erleuchtete ihn, und es war ihm, als schwebe er, frei vom eigenen Gewicht und der Anziehungskraft der Erde, neben dem himmlischen Boten durch die mitternächtliche Stadt. In der Nähe lag das Café, in dem sie ihr erstes, langes und ernstes Gespräch geführt hatten. Es hatte bereits geschlossen, die Rollos waren herabgelassen.

Es kam Flyingstone vor, als vollende sich an dieser Stelle ein Kreislauf, der mit großer Unsicherheit begonnen hatte und nun einer bestimmten Gewissheit Raum gab. »Ich habe nun dein Bild gesehen, Cordelia«, sagte er, »und mit ihm auch ein Stück der Größe Gottes. Ich bin freilich noch nicht am Ziel, das spüre ich, aber auf dem Wege.«

»Einmal hast du vom ›homo viator‹ gelesen, vom Unterwegssein des Menschen. Ich weiß, Henry, dass du nun auch ein ›homo quaerens salutem‹, ein das Heil suchender Mensch bist.«

»Wie kann ich all das, was ich erfahren und erkannt habe, weitergeben, Cordelia? Die Vorstellung macht mir Angst.«

»Durch das Beispiel, Henry«, betonte der Engel. »Ich weiß, dass du kein großer Prediger bist, und sollst es auch nicht sein. Worte, Henry, haben die Welt nicht verändert, sondern Taten. Gott mag keine gefühlvollen Schwätzer, die auf den Kanzeln Anweisungen für andere parat halten, selbst aber nicht danach leben. Lebe du die kleinen Schritte der Freundes-, der Nächstenliebe. Ich sage: kleine Schritte, weil sie in der Öffentlichkeit nicht auffallen, weil sie nicht begleitet werden von wortgewaltigen Forderungen, wie unsere Welt sein sollte und was alles getan werden müsste, um sie zu verändern. Die kleinen, beharrlichen Schritte bewirken Veränderungen, nicht die machtvollen Demonstrationen. Wie schlecht wäre es um die Erde bestellt, wenn die vielen kleinen Schritte ihren Gang anhielten und stehen blieben ...«

Flyingstone dachte eine Weile über das Wort des Engels nach. Aus der Nähe hörte man die Geräusche des Hafens. Ein verspätetes Schiff tuckerte mit gedrosselter Motorkraft an die Mole. Die Positionslichter schwebten wie Sterne über den dunklen Aufbauten. Es ist gut, überlegte Flyingstone, wenn man den Kurs seines Lebens kennt, wenn man weiß, wohin man geht.

»Gott hat die Kompassnadel nie verändert, Henry«, schaltete sich Cordelia in Flyingstones Gedankengang. »Sie zeigt immer noch bestimmt, ja, hartnäckig die Richtung an. Doch die Menschen haben Gottes Positionslampen gelöscht und Ausschau nach neuen Wegen gehalten. Es ist ihnen vieles entgangen, was zum Bestandteil des Erfahrungsschatzes vieler Generationen vor ihnen gehörte. Sie haben manches über Bord geworfen, weil sie das Wissen früherer Völker als unnötigen Ballast ansahen.«

»Nach dem Glaubenszweifel wurde auch die Funktion des Schutzengels in Frage gestellt, nicht wahr?«

»Das Bild des Engels war durch Jahrtausende klar und eindeutig, jedoch die Menschen erlagen dem Trend ihrer Zeit – neue Wissenschaften, der Geist einer überheblichen Aufklärung sowie der Mangel an gottnaher Erfahrung schufen ein Chaos religiöser Bezüge. Vielleicht lernen sie wieder, an die Existenz ihrer himmlischen Begleiter zu glauben, wenn sie zum Beispiel die Begriffe der Naturwissenschaft neu interpretieren, wenn Urphänomene wieder andere Worte erhalten als ›gesteuerte Energie‹, als ›Welle‹ und ›Korpuskel‹. Sollten die Weltsysteme der Atome, der Protonen und Neutronen nicht von neuem in den Wirkungsbereich göttlicher Schöpfungsgewalt gerückt werden – statt in ihrem Missbrauch Gefahren für Leib und Leben heraufzubeschwören? Eure Wissenschaftler sprechen von Materie als geformter Energie, sie haben Kraftfelder des Mikro- und Makrokosmos entdeckt, in denen sich Energie unaufhörlich im Wechselspiel der Gestalten offenbart. ›Die moderne Naturwissenschaft‹, so heißt es in einem eurer Bücher, ›untersucht und formuliert die unanschaulichen Hintergrundereignisse und zeigt, wie aus unsichtbaren Kraftbereichen Einwirkungen auf die Bildung stofflicher Gestalten ausgehen.‹ Eure Wissenschaftler bezeugen also, wenn auch mit neuen Namen, das Vorhandensein und das Wirken ungeheurer Kräfte und Mächte – sie haben freilich noch keine endgültigen Definitionen für sie gefunden, weil sie des Rätsels Lösung noch nicht nah genug sind.

Die Aufgabe der Zukunft muss sein, zwei Stränge eines Weges zu vereinen, der sich vor vielen Jahren geteilt hat: den der religiösen Erfahrung mit einer ungeahnten Erkenntnistiefe und den der modernen Wissenschaften. Es gibt gemeinsame Zeichen an beiden Wegen, Positionslampen, um im Bild zu bleiben, die zu einer, wenn auch vielschichtigen Wirklichkeit führen. Vielleicht wird man eines Tages wieder dem Bild des Engels begegnen. Der scheinbare Gegensatz zwischen dem alten und dem neuen Wissen, Henry, hat Konflikte ausgelöst, aus denen erst ein neues geistiges Verständnis von der Schöpfung und ihrer Materie geboren werden muss. Vielleicht gelingt es, wenn Atomphysik, die auf ihre Erkenntnisse aufbauende Philosophie und das neue Ganzheitsdenken zueinander finden.«

Die Geräusche des Hafens waren verstummt. Das verspätete Schiff hatte seinen Ankerplatz gefunden. Es ging auf Mitternacht zu. Es wird Zeit, dass ich heimkomme, dachte Flyingstone. Die Kälte kroch an ihm empor und fuhr stechend in seine Glieder. Zugleich spürte er eine schwere Müdigkeit. Die Worte des Engels standen wie große, ungelöste Rätsel vor ihm; er hatte nicht alles verstanden, doch ahnte er einen Zusammenhang.

»Entschuldige, ich habe dich lange aufgehalten«, sagte Cordelia. »Es war unsere letzte Begegnung, und ich habe ihr Ende hinausgezögert.«

Flyingstone fuhr zusammen und war augenblicklich hellwach.

»Unsere letzte ...«

»Ja, Henry, du brauchst mich nun nicht mehr. Nicht auf diese Weise.«

Cordelia lächelte und blickte an sich hinunter. »Du weißt, dass ich immer bei dir bin, aber unsichtbar – wie in den 60 Jahren zuvor.«

»Hättest du mir nicht etwas früher ankündigen können, dass du …Nein, mir fehlen die Worte«, stammelte Flyingstone. »Ich bin auf den Abschied nicht vorbereitet.«

»Es ist kein Abschied, Henry, nur eine andere Form der Existenz.«

Flyingstone sah zum Himmel auf, der sternenübersät war.

»Morgen kommt Sam, dein Schwiegersohn.«

»Ich hole ihn vom Bahnhof ab«, sagte Flyingstone und wunderte sich über die Belanglosigkeit der Unterhaltung. Gab es nichts Wichtigeres zu sagen in dieser Stunde des Scheidens? Natürlich – Sam. Er hatte nicht das beste Verhältnis zu ihm, und nun kam es darauf an, ihm großherzig zu begegnen.

»Bedenke das eine«, sagte der Engel, »tue du immer den ersten Schritt. Den ersten Schritt auf den anderen zu. Den ersten Schritt, dem ein Lächeln folgt, ein Wort der Anerkennung, auch des Verzeihens, wo es not tut. Wenn du dich daran hältst, wird deine Seele froh werden. Der erste Schritt, Henry, ist wie ein goldener Schlüssel, und er passt in viele Herzen. Du wirst sehen, wieviel Reichtum du erschließt und wieviel Segen über dich kommt.«

»Du musst gehen, Cordelia, und ich kann es nicht fassen.«

Der Engel antwortete nicht. Er schaute zum Himmel auf, dachte an die unendlichen Räume des Universums, an jenen geographisch nicht fassbaren Bereich des Alls, für den die Wissenschaftler dieser Erde verschiedene Namen erfunden haben, ohne dass sie die Wirklichkeit ganz in den Griff bekommen hätten.

Sie hielten sich mit Vermutungen auf, mit Hypothesen, umschrieben Imaginationen und unsichtbare Bilder in der Hoffnung, dass sie der Wahrheit auf der Spur seien, dass sie einen Anknüpfungspunkt erspähten für ihre Mutmaßungen und Phantasie. Wie viele Scheinfunktionen baute die Größe des Kosmos auf in der Vorstellungswelt der Menschen, die immer nur in Maßen dachten und immer nur in Begrenzungen denken konnten und stets in der Vorstellung lebten, endlich ans Ende aller Dinge, allen Seins vorzustoßen, ohne sich vergegenwärtigen zu können, dass hinter der vermeintlichen Endlichkeit sich eine neue Unendlichkeit auftat, voller Sphären, Ströme des Lebens, voller Daseinsfunktionen, die keine Formel berechnete, keine Gleichung auf einen Nenner der Verständigung bringen konnte.

›Du erfährst, was du geglaubt hast‹ . Dieses Wort gehörte zu den wichtigsten Erkenntnissen ihres Engellebens. Sie dachte daran, während sie mit Henry durch die mitternächtlichen Straßen der Stadt ging und zugleich das All auf den Schwingen ihrer Gedanken durchmaß. Ja, es gab keine Vorstellung, keine Idee, keine Erkenntnis, die nicht aus Gott stammte, die nicht ihren Ursprung, ihre Ursache in ihm hätte – wie oft müsste sie das ihrem Schützling noch sagen, der seinen kleinen Menschenverstand zu entsetzlichen Höhenflügen zusammenraffte, um einen Zipfel vom Mantel Gottes zu sehen. Wie schwer war es, ihm und der Menschheit begreiflich zu machen, dass die größte Kunst und Freiheit darin bestand, wenn es gelang, Gott Raum zu schaffen in sich selbst. Cordelia sah Engel in ihrer Umgebung, wie sie erlöste Seelen auf ihrem Weg zum ewigen Licht begleiteten. Wie durchgeistigt waren ihre Gesichter, wie vollkommen von Freude geprägt. Sie hatten die erste Stufe der Glückseligkeit erreicht. Obgleich sie der Verdammnis nun nie mehr anheimfallen konnten und es kein Zurück mehr für sie gab in den Schmerz der Erde, obgleich sie die Stufen und Phasen des Aufstiegs vor sich sahen, die hineinführten in das unbeschreibliche, alles erfüllende Licht, bedurften sie doch der Wegweisung durch die Engel. Das Erstaunen der erlösten Menschen stand wie ein Schrei der Glückseligkeit in ihren Gesichtern. Überwältigt von der Größe und Ferne des Zwischenreiches, das ihnen fremd und neu war, suchten sie dankbar die Nähe der Engel, die zu ihrem Geleit bestimmt waren.

Wie im Zeitraffertempo erkannten sie den Weg, der vor ihnen und doch außerhalb jeder zeitlichen Messbarkeit lag, den keine Entfernung auswies und der doch nicht sogleich überwunden werden konnte.

Hieronymus Bosch, der den Einfluss des Bösen in dieser Welt und die Strafen der Höllenpein in seinen Werken auf so makabere Weise zum Ausdruck gebracht hatte, war diesem Bild der Seelenwanderung in einem Gemälde am nächsten gekommen: Erlöste Seelen werden auf ihrer Reise zum ewigen Licht von Engeln behütet und geleitet. Ihr Aufstieg vollzieht sich in fünf Phasen – dann erst weilen sie in der Anschauung Gottes.

Der Lebensweg war die erste schwere Probe ihrer Schöpfungsexistenz gewesen, eine Phase voller Gefahren, Versuchungen, Tränen, Enttäuschungen, freilich auch begrenzten Glücks, das ein Abglanz war der versprochenen Herrlichkeit – der schwache Widerschein des Jenseits in einem blinden Spiegel. Nach dem Tode der körperlichen Hülle und der Erlösung von der Erdenschwere begann für den verklärten Leib der Aufstieg in höhere Formen des Daseins, immer tiefer in das ewige Licht hinein, das Gott den Seelen entgegenschickte zur Wegweisung. Wie Gott wirklich war, welche Bilder der Sichtbarwerdung und des Wirkens er darüber hinaus bevorzugte, entzog sich auch Cordelias Kenntnis. In den Hierarchien der Engel nahm sie keinen der obersten Ränge ein. Aber das war kein Grund, neidisch zu sein oder eifersüchtig und sich wie Menschen das Leben schwer zu machen. Im Dasein der Engel gab es keine Rivalität, alle waren erfüllt von Gottes ewiger Gegenwart. Aus seinem Licht geboren, lebten sie in ihm in der Harmonie unendlichen Friedens und erfüllten die ihnen übertragenen Aufgaben. Aus der Herrlichkeit Gottes floss ihnen Kraft und Nahrung zu, sie war ihre Speise, ihr Engelbrot, wie die Menschen früher einmal gesagt hatten. Licht war der Engel eigentliche Leiblichkeit, sie bestanden vor der Schöpfung aus ätherischem Lichtglanz. Nur für die Menschen verwandelten sie sich in eine fassbare Leiblichkeit mit körperhaften Umrissen aus Licht, ohne ihre Substanz zu verändern. Sie waren Licht, Abglanz Gottes, des Schöpfers, des Herrschers über das All, des Lebensspenders, des Ewigen.

Die großen Seher, die Propheten, wussten ihre visionäre Schau zuweilen in Worte zu kleiden, mit denen sie die Engelerscheinungen zu umschreiben suchten: ›Da stand ein Mann, in Linnen gekleidet und die Lenden mit Gold von Ophir gegürtet‹, heißt es beim Propheten Daniel. ‹Sein Leib war wie Chrysolith, und sein Antlitz leuchtete wie Blitzesschein; seine Augen brannten wie Feuerfackeln, seine Arme und Beine funkelten wie poliertes Erz, und der Schall seiner Worte war wie das Tosen einer großen Volksmenge.‹

Der Engel Jaoel trat ›in eines Mannes Ähnlichkeit zu Abraham, ein goldenes Zepter in seiner Rechten. Sein Leib glich dem Saphir, sein Antlitz dem Chrysolith, sein Haar dem Schnee, des Hauptes Diadem dem Regenbogen und seine Gewandung dem Purpur.‹ Und vom Erzengel Michael wird berichtet: ›Es spaltete sich beim Morgenstern der Himmel, und es erschien ein unbeschreibbares Licht. Da kam in Schnelligkeit ein Mensch vom Himmel; sein Antlitz glich einem Blitz, und seine Augen waren wie Sonnenglanz, sein Haupthaar wie Feuerfackelbrand, und seine Hände glichen glühendem Eisen.‹ Im ersten Kapitel des Henoch-Buches heißt es: ›Da erschienen zwei sehr große Männer, ihr Antlitz leuchtete wie die Sonne, ihre Augen wie brennende Fackeln, aus ihrem Munde sprühte Feuer, ihre Kleidung und ihr Gesang waren herrlich, ihre Arme wie goldene Flügel.‹

›Kein Mund vermag zu zählen und kein Herz die Herrlichkeit zu erdenken, mit welcher die Engel umkleidet waren und die Schönheit ihrer Gesichter ... Ihre Leiber waren weißer als aller Schnee und röter als jede Rose ... Ihr Haar war wie ein Kranz aus Nardenblüten geflochten, wie der Regenbogen im Luftraum.‹

Die Menschen, die die Herrlichkeit des Himmels nicht anders erfassen konnten als in Bildern, bedienten sich unvergleichlich schöner Worte, um ihre geistige Schau jenen mitzuteilen, deren Augen gehalten waren.

Ja, wer die Engel so sah wie Ambrosius von Mailand, der einmal gesagt hatte: ›Die Luft, die Erde, das Meer, alles ist erfüllt von Engeln‹ – der wusste um ihre Existenz und Bedeutung, um ihre Aufgabe und Berufung. Denn Engel ist ja kein Name, sondern eine Amtsbezeichnung. Das lateinische ›angelus‹, das griechische ›angelos‹ liehen dem Wort ihre Wurzel, aus dem das französische ›ange‹, das englische ›angel‹ und das italienische ›angelo‹ entstanden. In ihrer Wortbedeutung sind sie dem hebräischen ›malach‹ gleich: Bote, Botschafter, Verkünder. Sie handeln nicht aus eigenem Antrieb, sondern im Auftrag Gottes, und ihr Dienst erstreckt sich nicht allein auf Menschen, sondern auf alle Teile der Schöpfung. Der ganze Kosmos ist ihnen anvertraut, aber auch jede Krume Erde. In den jüdischen Apokryphen wird von Engeln des Feuers, des Schnees, des Reifs, des Blitzes, des Donners, der Gewässer, des Sommers und Winters erzählt. Ja, jeder Grashalm hat einen Engel – heißt es im Talmud.

Obgleich Cordelia in der Hierarchie der Engel noch nicht weit fortgeschritten war, sie nicht zu den Serafim und

Cherubim gehörte, noch zu den Erzengeln, Thronen und Herrschaften, den Fürstentümern, Gewalten und Kräften fühlte sie sich in ihrer Rolle als Schutzengel glücklich. Sie begehrte nichts anderes, weil sie außerstande war, etwas anderes zu sein als das, wozu Gott sie auserwählt hatte. In seinem Ruf lag ihre höchste Berufung, ihr ganzes Sein. Sie war ganz von dem Gedanken erfüllt, Henry aus dem Labyrinth der Erde mit seinen Irrwegen hinaufzuführen in eine höhere Welt, und sie war überzeugt, dass er einen Teil der ersten Wegstrecke glücklich bestanden hatte.

Flyingstone schüttelte sich. Ihn fror wieder. Er ging mit dem Engel wortlos durch die kalte Nacht, hatte Anteil an seinen Gedanken, spürte eine geistige Verbindung wie durch eine imaginäre Nabelschnur, durch die ihm unablässig Kraft zufloss. Mitternacht war längst vorüber.

»Geh nun, Henry. Clementine wird sich sorgen«, sagte Cordelia.

Flyingstone antwortete nicht. Der Augenblick der Trennung machte ihn sprachlos.

»Es gibt das Bild einer Engelfreundschaft«, fuhr Cordelia fort. »Es hat mich tief ergriffen. Ja, ich glaube, es hat nie ein zweites Bild von so starker Aussagekraft gegeben. Es ist ein Weihnachtsbild von Botticelli. Der schönste Engelreigen, der meines Erachtens je gemalt wurde, schwebt über der Geburtshöhle und der zerbrechlichen Hütte im Vordergrund, in der sich das größte aller Geheimnisse erfüllt: Gott wird Mensch. Henry, es ist das größte Mysterium, das es gibt: Gott wird klein wie ein neugeborenes Kind und geht mit euch durch dieses Leben. Gibt es eine größere Liebe? Es besteht noch ein Gegenbild zu diesem Engelreigen, und darauf möchte ich eigentlich zu sprechen kommen. Es ist die Szene, wie drei Engel drei Männer umarmen – es sind übrigens die Begleiter und Gefährten des als Ketzer verurteilten und hingerichteten

Girolamo Savonarola. Wie sie einander zustreben, sich in inniger Umarmung finden. Himmel und Erde, so hat es den Anschein, vermählen sich in diesem Bild. Wie ihre Hände den anderen herbeisehnen, ihre Wangen sich berühren, ihre Gesichter ineinander verschmelzen ...«

»Wo ist dieses Bild?«, fragte Flyingstone mit belegter Stimme.

»In der National Gallery in London. Botticelli malte es um 1500.«

»Ich muss es sehen. Unbedingt!«

»Du wirst es sehen – und dich freuen. Freue dich auf den Augenblick, in dem ich dich auf diese Weise erwarte.«

Flyingstone atmete tief. Die Belastungen, die Fragen, die Unsicherheiten, die Versuchungen, die Einsichten und Wandlungen, die Freuden der letzten Monate schienen mit einem Mal auf ihn einzustürzen. Das Engelerlebnis drängte sich zusammen, zog in Windeseile vor seinem geistigen Auge vorüber. Sein Herz war schwer und auch nicht. Er empfand die Zwiespältigkeit der Trennung und der verheißenen Wiederkehr.

»Gib mir ein Zeichen, dass du mich so erwartest«, sagte Flyingstone.

»Mein Wort, Henry, – und mein Versprechen in deine Hand.«

Flyingstone streckte die Arme aus, jedoch Cordelia entzog sich ihm in die unendliche Stille der Nacht.

Literatur:

Alfons Rosenberg: »Engel und Dämonen – Gestaltwandel eines Urbildes«. 1986. Kösel Verlag, München.

Johannes Kuhn: »Das Kind, dem alle Engel dienen«. 1982. Kreuz Verlag, Stuttgart.

Otto Gillen: »Brannte nicht unser Herz . . . « 1979. Pattloch Verlag, Aschaffenburg.

Gerhard Adler: »Erinnerung an die Engel«. 1986. Herderbücherei.

Alfons Bungert: »Engel – Botschafter des Ewigen«. 1984. Echter Verlag, Würzburg.

Georges Huber: »Mein Engel wird vor dir herziehen«. 1985. Christiana Verlag, Stein (Rhein).

Johannes Bours: »Der Mensch wird des Weges geführt, den er wählt«. Geistliches Lesebuch. 1986. Verlag Herder, Freiburg-Basel-Wien.